Bruno E.

# Beeringers letzter Fall

Bruno E.

# Beeringers letzter Fall

Eine humorvolle Kriminalgeschichte

Silberburg-Verlag

**Bruno Ensslen** wurde 1936 als Ur-Schwabe in Andrejewka am Schwarzen Meer geboren. Er verbrachte »eine herrliche Schwabenkindheit und Schulzeit im Remstal«. Nach einer Handwerkerlehre absolvierte er ein Kunststudium an der Akademie der Bildenden Künste in Stuttgart und arbeitete anschließend, wie er sagt, »in der Freien und Gebrauchsgraphik, Malerei, Schön- und Aufschreiberei«. Ensslen ist seit über 40 Jahren Inhaber des »Studio für visuelle Kommunikation – Ensslen Product Image« in Gruibingen.

1. Auflage 2013


Umschlaggestaltung und Illustrationen: Bruno Ensslen, Gruibingen.
Lektorat: Bettina Kimpel, Tübingen.
Druck: CPI books, Leck.
Printed in Germany.

ISBN 978-3-8425-1248-1

* * *

Rattagift ond Schierlengsbecher,
Revolverhelda, Messerstecher.
Massig Bluat, a Wasserleich,
Tote, viel, ond zemlich bleich.

Leicha an en Stoi nohenka
Ond em Baggersee versenka
Valium em Kernles-Tee
Macht xonde Leit dodsicher hee.

Zom von dr reicha Tante erba
Muaß dui erscht mol d Stiag na sterba.
Fir en Krimi brauch mr halt:
Zemlich Leit, am beschta kalt.

Meichelmörder, Massakiller
Ond au Würger, dia send stiller,
Schaffet brauchbars Material,
Fir en Krimi erschter Wahl.

Dieses Handwerk wär et schwer,
Wenn dr Kommissar et wär.
Weil dia Leicha-Produzenta
Muss der Kommissar no fenda

Ond se henter Schloss ond Mauer
Pfercha, fir a lange Dauer.
Dr Täter kommt en jedem Fall,
Von Fall zu Fall zu Fall.

# Beethoven

*Und will ja nicht behaupten, dass etwas Kriminelles passiert ist, aber man hört ja immer so viel von so schlimmen Dingen, wie Drogen, Entführung, Mord und sogar von richtigen Verbrechen. Ein Mitglied der Gesellschaft, dem das Wohl seiner Mitmenschen nicht egal ist …*

Ein sonniger Samstagvormittag in einer kleinen Kajüte auf einem kleinen Schiff in einem kleinen Hafen am Neckar. Linus Beeringer sitzt vor einem suppentellergroßen Aschenbecher, gut gefüllt mit filterlosen Kippen, den Resten seiner unentbehrlichen Gauloises. Etwas zu knapp bemessene amerikanische Boxershorts und ein sehr solides, leicht durchnässtes Trägerunterhemd bedecken seinen schweißgebadeten Körper. Nebenan versucht Irma, seine Frau, in der winzigen, nicht allzu üppig ausgestatteten Kombüse seine Leibspeise, Gaisburger Marsch, auf der blubbernden Gasflamme zum Kochen zu bringen. Die Gasflamme und die strahlende Sonne draußen haben es gemeinsam geschafft, der gemütlichen Kajüte die Temperatur und Atmosphäre einer recht gut geheizten nordischen Sauna zu verschaffen.

Zum wiederholten Mal liest sich Beeringer halblaut diesen Brief vor, den er gestern Nachmittag ohne Briefmarke und Absender zu Hause in Auendorf am Rand der Schwäbischen Alb im Postkasten gefunden hatte.

»Von wem isch r denn?«

»O Irma, dees wenne wießt.«

»Isch koi Absender druff?«

»No wießt e's jo.«

»Ha, no isch r jo inkognito?«

»Oder anonym.«
»Ja, was jetzt?«
»Ohne älles! – Wia weit isch dei Marsch?«
»Wo no?«
»Nach Gaisburg.«
»Sempl.«

Seit Jahren verbringen sie ihre Wochenenden hier in Besigheim auf dem Wasser. Linus Beeringer hat sich hier einen alten Traum erfüllt. Er hatte sich damals, in seiner Jugend in Frankreich bei St. Jean de Losne, in die französischen Kanäle und ihre alten, liebevoll restaurierten Péniches verliebt. Und in die französische Lebensart im Allgemeinen. Vor sechs Jahren hatte er im Ruhrpott eine betagte, traditionelle Barkasse entdeckt und erworben und sie dann hier am Neckar mit viel Liebe, etwas Erspartem und noch mehr Mühe liebevoll restauriert.

Früher hatte sie Rosamunde geheißen. Beeringer hat sie umgetauft, in Rosalie. Das fand er etwas französischer, so wie alles, was französisch klingt oder aussieht, für ihn an Wertigkeit gewinnt. Darum gibt es für Linus Beeringer auch keine Landstraße, Gehsteig oder Suppenschüssel, sondern nur Chaussee, Trottoir und Terrine. Statt Reval oder Roth-Händle sind es Gitanes oder Gauloises und davon raucht er Dutzende – täglich. Um die Zwischenräume der Zigarettenkette etwas zu dehnen, versucht er immer wieder, allerdings mit mäßigem Erfolg, Pfeife zu rauchen. Er hat sich hierzu – wenn schon, denn schon – gleich mit einer ganzen Kollektion edelster Pfeifenkunst-Kuriositäten ausgestattet, von denen er allerdings immer nur eine auserwählte benützt, wenn er denn überhaupt eine raucht. Das Erscheinungsbild des genialen und unvergesslichen Kommissars Maigret hat Eindruck bei ihm hinterlassen. Und der Neckar ersetzt ihm die Seine.

*... Ein Mitglied der Gesellschaft, dem das Wohl seiner Mitmenschen ...* Wer könnte dieses Mitglied sein? Soll er diesen Brief nicht doch einfach wegwerfen?

Er wird sich am Montag darum kümmern. Heute wollen sie noch zu einer kleinen Tour neckarabwärts starten und er muss noch Rosalies Kühlung prüfen. Rosalie wird es bei zügig flotter Fahrt immer etwas warm ums Herz. Das heißt, sie wird bei hoher Drehzahl ziemlich heiß. Kreislaufprobleme sozusagen – der Wasserkreislauf.

Beeringer öffnet den Motorraum in der Bilge und werkelt bäuchlings liegend eine ganze Weile an den komplizierten Kühlwasserteilen herum. Dann versucht er, so formvollendet es eben seine Bandscheiben zulassen, sich zu erheben. Stöhnend und um die eigene Achse rollend kommt er auf die Knie und schließlich in die Lotrechte. Dann dreht er den Zündschlüssel, um den Motor wieder zu starten. Rosalie erwacht, jubelt fröhlich auf und verfällt anschließend in ein sanftes, gemütliches Schnurren.

Irma steht im Stieg und schaut auf das phantasievolle bunte Stillleben, das Beeringer hier im Fahrerstand inszeniert hat: reichlich Wasser, etwas Öl, viele Lappen und ein stattlicher Bestand an Werkzeugen, die einer mittelgroßen Werft zur Ehre gereichen würden. Mit anderen Worten: Es sieht aus, als hätte sich die Geschichte von Moby Dick hier an Bord abgespielt. Irmas Neugier siegt über eine Schimpfkanonade und sie fragt: »Was wars denn?«

»A Gosch voll Muschla.«

»Wia, en dr Kialwasserpomp?«

»Noi, en meinra Gosch.«

»Ja wia kommet dia do nei?«

»En mei Gosch?«

»Ja.«

»Ha, zerscht waret se em Schlauch von dr Kialwasserpomp ond no en meinra Gosch.«

»Ja, worom des?«

»Weil e se ogsaugt han.«

»D Kialwasserpomp?«

»Noi, d Muschla.«

Muscheln hatten den Zulauf zur Kühlpumpe verstopft.

Sie legen ab, talwärts in Richtung Schleuse Besigheim. Beeringer als Kapitän, Irma Beeringer als Schiffsjunge und Anlegespezialistin. Sie sind durch Hunderte von Anlegemanövern in den Schleusen aufeinander eingespielt, trainiert durch etliche tückenreiche Fehlversuche. Meistens klappt es inzwischen aufs Kommando des Steuermanns, manchmal auch nicht.

Beeringer kommandiert: »Mir legat Steuerbord an!«

»Isch des rechts oder lenks?«

»Längs – net quer, rechts halt – henda rechts henda!«

»Also do vorna?«

Irma zieht es vor, doch links anzulegen und wickelt ihre Leinen um die Klampen – an Backbord. Linus mag es lieber rechts.

Das Schleusentor schließt sich geräuschlos. Sanft schaukelnd sinkt Rosalie auf der Wasseroberfläche hinab in die tiefe Schleusenschlucht. Da ertönt die »Neunte« von Beethoven aus dem dunklen Schlund der Kammer: Der Klingelton von Beeringers lästigem Handy.

Handys sind Diktatoren, Befehlshaber, Despoten. Beeringer hasst Handys. Handys benehmen sich autoritär. Sind allenfalls Spielzeug für junge Wichtigtuer, für pubertäre Jugendliche. Profil-Lifting für nicht ernst zu nehmende High-End-Neurotiker. Sie halten Beeringer permanent das Defizit vor Augen, das er mit dem Umgang moderner Technik hat. Der unbestreitbare Nutzwert jedoch zwingt ihn, auch eines zu benutzen, allerdings nur zum Telefonieren und nur mit der stilsicheren Aufwertung von Beethovens neunter Sinfonie als Klingelton. Beethoven wäre begeistert, lebte er noch und wäre des Hörens mächtig.

Beeringer drückt mit der Spitze seines nur zu diesem Zweck gezüchteten Fingernagels des rechten Zeigefingers auf die giftgrün leuchtende Taste.

»Linus Beeringer! ... Nein, B*ee*ringer, nicht B*ä*ringer und auch nicht B*ö*ringer, sondern Beeringer! ... Wie Johannisbeere! ... Nein, nicht Johannes Beeringer, Linus Beeringer! … Hallo? … Aha … Im Zuge einer statistischen Erhebung? … Ich bin aber im Moment bei einer pragmatischen Senkung ond kann grad net.« Er legt auf.

»Schofseggl.«

# Hondsscheiß

*Sehr geehrter Herr Beeringer. Ich wende mich an Sie, weil ich weiß, dass Sie ein Kriminaler sind und vielleicht in dieser kriminellen Sache etwas unternehmen können oder sollen. Ich nehme stark an, dass sich was ereignet hat in Sachen Kriminalistik, weil ich eine blaue Jacke gefunden habe. Es handelt sich um ein älteres Modell namens Breuninger Exklusiv Größe 52 mit einem speckigen Kragen, wo ein Knopf fehlt. Auf der Bank, wo an dem Weg steht zum Galgenberg hinauf, wo ich fast jeden Tag mit meinem Hund gehen muss. Auch befindet sich eine Spur an der Innentasche, die etwas eingerissen ist, was vielleicht auf Gewalt hindeutet. Auch habe ich den Herrn Hagmeier schon längere Zeit nicht mehr gesehen. Ich möchte gerne unbekannt bleiben und will ja nicht behaupten, dass etwas Kriminelles passiert ist, aber man hört ja immer so viel von so schlimmen Dingen wie Drogen, Entführung, Mord und sogar von richtigen Verbrechen.*

*Ein Mitglied der Gesellschaft, dem das Wohl seiner Mitmenschen nicht egal ist.*

Inzwischen zurückgekehrt ins traute Heim, liest Linus Beeringer diese illustre Botschaft zum wiederholten Mal. Am Freitag hatte sie ohne Absender im Briefkasten seines gepflegten Einfamilienhäuschens in Auendorf gesteckt. Soll er so ein Gefasel nicht einfach in den Papierkorb werfen?

Er tut es. Die Sache ist vom Tisch.

Er greift nach der letzten seiner drei Butterbrezeln, die ihm seine liebe Irma täglich zum Frühstück kredenzt, und schenkt sich eine weitere Tasse seiner sorgfältig selbst gefilterten »Krönung« ein. Er mag eben den handgemachten, den ohne technische Geräusche erzeugten, den durch die

Tüte tropfenden Kaffee. Seine Kollegen von der Kriminalpolizei-Außenstelle in Geislingen hatten ihm zu seinem Dienstaustritt vor zwei Jahren ein Wunderwerk von einem Kaffeeautomaten verehrt. Er steht auf einem Ehrenplatz in der Küche, nagelneu und unbenützt. Arbeitslos, wie ein hoch dotierter Sportpokal.

Beeringer beendet sein Frühstück mit einer Zigarette, dann noch einer. Entledigt sich seiner bequemen Hausweste, schließt den oberen Knopf seines Polohemds und greift nach seiner Jacke, die über der Stuhllehne hängt. Nimmt wie üblich den kleinen Abfallbehälter, um ihn draußen an den Mülltonnen zu entsorgen.

Beim Trennen der Abfälle hat er wieder diesen ominösen Brief in der Hand. Er zögert kurz und steckt ihn dann zurück in seine Innentasche. Denn warum soll er nicht einfach mal schauen, was an dem Gefasel dran ist? Er ist zwar nicht mehr im Dienst, berufsbedingt aber immer noch äußerst neugierig.

Also: Wer war wohl der Schreiber? Männlich? Weiblich? Auf alle Fälle hat er oder sie einen Hund. Genau! Hier muss er ansetzen. Am Hund.

Er setzt an.

»Ja, guta Morga, Herr Bäringer, was verschafft uns denn die Ehre Ihres Besuchs, s wird doch nix bassiert sei!« Die Sekretärin des Bürgermeisters empfängt ihn mit ihrer gewohnten freundlichen Dienstbarkeit, oder besser: ihrer dienstlichen Freundlichkeit. »Jetzetle, Herr Bäringer.«

»B*ee*ringer!«

»Ja, i woiß doch, Herr Bäringer, i kenn Sie doch.«

»Ist der Bürgermeister auch da?«

»Noi, bloß dienschtags und donnerschtags von zwei bis vier isch r do. Oder en dr *Krone* en Ditzabach.«

»Gut, dann muss ich eben mit Ihnen zurechtkommen.«

»Ha jo, i mach ja sowieso älles alloi.«

»Wie viele Honde, äh, Hunde gibt es in der Gemeinde?«

»Ischs wega dem Hondsscheiß em Flecka?«

»Nein, ich brauche nur die Namen aller Hunde beziehungsweise Hundehalter für einen bestimmten Zweck. Könnten Sie mir die vielleicht ausdrücken, äh, ausdrucken?«

»Au, des isch heikel, wege dem Datenschutz. Wenn Se vom Finanzamt wäret, wärs was anders.«

»Ach so, aber Sie könnten mir vielleicht auch ganz privat die Besitzer der Hunde nennen, Sie kennen doch fast alle Leute am Ort?«

»Ha jo, dia kenn i älle, dia holat sich doch immer ihre Hundemarke selber ab do em Rathaus bei mir. Do wär amol dr Schulza Emil ond no d Bätza Kathree – wia heißt jetzt die au mit am Schreibnama? Die hot so a kleins Rehpinscherle, goldig – ach, wisset Se was, i mach Ihne oifach a Kopie von dera Lischte, no habet Sie au gleich die Adressa.«

Das klappt ja vorzüglich. Jetzt ist die Suche kein Hexenwerk mehr, sondern reine Routinesache. Es geht zügig voran mit seinen Ermittlungen. Die Liste ist nicht allzu lang.

Es ist mittlerweile elf Uhr geworden und Beeringer macht sich mit seinem Audi Quattro auf den Weg zum ersten Aspiranten.

Die verschlungene Hauptstraße entlang in Richtung Göppingen. Linker Hand das Gasthaus *Zum Schwanen*. Hier kann man gut essen. An Sonn- und Feiertagen fallen ganze Horden von Unterland-Kurztouristen hier ein – von den Einheimischen werden sie aus unerfindlichen Gründen Heckabronzer genannt. Hier wird der über Grenzen berühmte Zwiebelrostbraten in solchen Mengen vertilgt, dass sie Emil Schulz ein sorgenfreies Dasein garantieren.

*Zum Schwanen*? Beeringer hat sich oft gefragt, was zu diesem Namen geführt haben könnte. Gasthaus *Zum Schwan* oder Gasthaus *Zu den Schwänen* wäre ja in Ordnung. Aber Gasthaus *Zum Schwanen*?

Egal, in welchem der drei er hoffentlich gleich den Hund findet, den er sucht.

»Montag Ruhetag.«

Beeringer versucht es am Hintereingang. Im Hof empfängt ihn ein Ungetüm. Das verzerrte Konterfei eines kapitalen Berner Sennenhundes knurrt ihn aus triefenden Lefzen an.

»Was suchet Sie do?«

Oberhalb des Ungetüms ist in einem Fensterrahmen das umfangreiche Brustbild des Gastwirts Emil Schulz sichtbar geworden. Von dort oben kommt wohl diese präzise Frage.

»Entschuldigen Sie die Störung! Beeringer, Linus Beeringer, mein Name. Ich hätte da im Zuge diverser Ermittlungen einige Fragen an Sie.«

»Froget Se!«

»Ja, nun, gehen Sie gelegentlich oder öfter oder öfter gelegentlich mit Ihrem Hund auf dem Weg zum Galgenberg spazieren?«

»Seh i so aus?«

Nein, so sieht er nicht aus.

»Oder eines Ihrer Familienmitglieder, Ihre Frau, Tochter et cetera?«

»Dia hen au koi Zeit zom Faulenza.«

»Ja so, ja nun, das wärs dann schon gewäsen, ich danke Ihnen also vielmals für Ihre kooperative Hilfe.«

»Ja, bei was hab i jetz do gholfa?«

Ja, bei was? Er muss sich schnell eine Antwort einfallen lassen: Sagt er, um was es wirklich geht, riskiert er eine Blamage, wenn sich herausstellt, dass … Andererseits kann er doch die Leute nicht einfach anlügen!

Er lügt: »Im Zuge einer stadistischen Erhebung« – ja, das war schon mal ganz gut – »erheben wir eine Stadistik zur Haltung von Hunden ihren Haltern gegenüber.«

»Aha.«

Endlich kann er aus den entnervenden Umfrageanrufen, die ihn ständig auf seinem Handy erfreuen, einen Nutzen ziehen.

Also zum Nächsten auf der Liste. Aber inzwischen ist es kurz nach zwölf Uhr. Er muss nach Hause. Irma hält das Mittagessen bereit. Punkt zwölf, da gibt es kein Pardon.

Jetzt also erst mal nach Hause. Denn seit seiner Pensionierung im Herbst vor zwei Jahren gehen die Uhren bei Beeringers anders. Irma Beeringer erstellt den Dienstplan. Brötchen, Brezeln holen, Frühstück machen, staubsaugen, Betten machen, lüften, einkaufen und so weiter werden geschickt in seinen Dienstplan eingebaut. Sie delegiert, organisiert und steuert ihren vorbildlich schwäbischen Haushalt mit den knappen Kommandos »Dätsch«, »Dätsch mr net« und »Mr sott«.

»Dätsch« ist die gemäßigte Befehlsform von »Mr sott«. »Mr sott« bedeutet, der Befehlsempfänger hat die Anweisung »Dätsch« schon ein bis zwei Mal missachtet. Die Befehlsform »Dätsch mr net« hingegen ist der mildeste aller Kommandotöne und hat schon den Anflug einer Bitte. Der Befehl »Mr sott« aber, kombiniert mit dem Erscheinen der Befehlshaberin, die das Arbeitsgerät bereits in den Händen hält, verträgt keinen Aufschub und ist absolut ultimativ gemeint. Weigerung bedeutet Trennung von Tisch und Bett oder zumindest ein- bis zweiwöchige Kommunikationssperre.

Um ihren Linus an den Haus-Dienstzeitplan zu erinnern, genügt ihr meist ein scharfer Blick zur Küchenuhr, wenn er sich mal verspätet hat.

Als er eintritt, blickt Irma zur Küchenuhr. »Wo stecksch denn?«

»Worom, was gibts?«

»Saure Kuttla, Brägala ond Kopfsalat – den sott mr grad no gschwend aus em Garta reihola!«

»Sonscht nix?«

»Isch des net gnuag?«

»Noi, i moin, ob de sonscht no ebbes aus em Garta brauchsch?«

»Peterleng.«

Saure Kutteln. Die kann nur seine Irma so zubereiten, wie sie sein müssen. Dafür lässt er sich gerne in den Garten kommandieren. Zwiebelwürfel im heißen Fett andünsten. Dann

Mehl einmischen und das Mehl langsam anbräunen. Mit Essig ablöschen und mit Fleischbrühe auffüllen. Drei Minuten sachte kochen lassen. Die gekochten Kuttelstreifen hineingeben, umrühren, zusammen aufkochen lassen und würzen. Fertig. Oder mit Stärkepulver binden, Milch dazurühren, saure Sahne beigeben und noch mal aufkochen. Das sind dann weiße Kutteln.

* * *

Beeringer hat reichlich zugelangt und sitzt nun am geöffneten Fenster, stochert in der edelsten seiner edlen Pfeifen und greift schließlich doch zu einer der Zigarettenpackungen, die immer auf dem kleinen Beistelltisch neben dem Telefon bereitliegen. Irma räumt den Tisch ab und bringt auf einem kleinen Tablett zwei Schälchen Zwetschgen-Kompott. Der Nachtisch, oder laut Beeringer »das Dessert«.

Die Beeringers haben im »Hendadomma«, wie man hier sagt, angrenzend an ihren Hausgarten, eine schmale Wiese, auf der einige Sträucher und Bäume verschiedenster Sorten stehen. Irma Beeringers ganzer Stolz ist deren Ertrag und die Produkte, die sie daraus herstellt: »Eigmachts.«

»Du, sag amol, Irma, du siehscht doch au ällamol von deim Garta aus do nomm ieber d Stroß zum Hai Andrees, wo dia Leit emmer mit ihre Hond laufet.«

»Jo, moinsch, i guck spaziera, wenn e em Garta schaff?«

»Ja no, i moin bloß, weil …«

Er muss wohl doch den mühsameren Weg beschreiten und wird sich nach seinem obligaten Mittagsschlaf wieder auf seine Fragerunde begeben. Dann breitet er sich und eine Decke auf seinem Sofa beziehungsweise der Chaiselongue aus. Er entfaltet noch einmal die Liste, die ihm das freundliche Fräulein Kieser, Ivonne Kieser, vom Rathaus überlassen hat, und überfliegt die Zeilen, bis sie sich vor seinen Augen auflösen.

* * *

Ding dong. Die kleinen Verwandten der Glocken von Big Ben hallen durch die heiligen Hallen des Beering'schen Heimes. Beeringer schreckt auf, versucht seine Gehwerkzeuge zu ordnen, um sich aufzurichten und in Richtung Haustür zu bewegen.

Er öffnet und vor ihm steht Ivonne Kieser mit einem Zettel, den sie mit beiden Händen festhält.

»Ja, grüß Gott, Fräulein Kieser, was kann ...«

»Frau! Frau Kieser, Herr Bäringer!«

Er will schon sagen: »Warum, hent Se inzwischa gheiratet?« Nein, das sagt er natürlich nicht, aber er denkt daran, dass man früher auch noch zu neunzigjährigen Altledigen »Freilein« sagen durfte, ja dass man sogar musste! Er erinnert sich an eine nette kleine Geschichte, in der er sich in umgekehrter Weise vertan hatte. Als eine hochbetagte, aus unerfindlichen Gründen 85 Jahre lang ledig gebliebene Eingeborene des Ortes zu ihrem Jubiläum geehrt wurde, gratulierte er mit »Dann wünsch ich Ihnen noch alles Gute, Frau Almendinger!«.

Sie antwortete: »Freilein, emmer noch Freilein, so schnell schiaßet d Preißa net.«

Und jetzt heißt es *Frau* Kieser.

Die sagt: »Herr Bäringer, i hab jo ganz vrgessa, dass die Demarnees letscht Woch herzoga send, die hend no koi Hundemarke. Wisst Se, dia, wo do oba baut hent am Hang, des Glasdengsdo. D Leit sagat Gwächshaus.« Sie holt Luft: »Die habet auch en Hond, also wenn Se mi frogat, wenn des mol koin so en Kampfhond isch mit so ma schwarza Flecka uff oim Aug. En Doberweiler. I han denkt, i breng Ihne die Adress grad selber vorbei, weil e sowieso grad uff em Heimweg bin. I schaff montags bloß bis drei.«

Sie holt erneut Luft und Beeringer nimmt die Gelegenheit geistesgegenwärtig wahr, um ihr den Zettel sanft zu entreißen.

»Vielen Dank, Fräulein ... Frau Kieser, das ist sehr freundlich von Ihnen.«

»Jetz däds me aber doch au amol vielleicht scho a bissle interessiera, zu was ...«

Irmas Ruf aus dem hinteren Teil des Hausflurs rettet ihn: »Linus, dätsch mr net mol gschwend ...«

* * *

So langsam wird die Sache zu einem Fall. Nun hat er schon drei Schriftstücke. Er kann eine Akte anlegen. Eine ganze Reihe von Hunde- beziehungsweise Personennamen. Der letzte dieser Namen, den er eben erst erhalten hat, interessiert ihn irgendwie besonders.

Beeringer entscheidet, zunächst einmal den Ort des Geschehens mit Fachkenntnis zu sondieren, um dann auf dem Rückweg bei den Demarnees vorbeizuschauen. Er beschließt zu Fuß zu gehen. Erstens aus ökologischen Gründen und zweitens, weil die Wege für die Kondition seines Fahrrades und vor allem der seinigen etwas zu hügelig sind.

Beeringer ist mittlerweile an der bezeichneten Bank auf dem bezeichneten Weg zum Galgenberg angekommen. Bevor er sich setzt, nimmt er erst mal seine Zigaretten aus der oberen Hemdtasche, zündet sie aber noch nicht an. Er muss erst wieder etwas zu Atem kommen. Hier herauf geht er gerne und öfter einmal. Heute ist ihm niemand begegnet. Viel hat sich hier in der letzten Zeit nicht verändert. Der Weg ist ebener geworden, breiter und geteert.

Beeringer sinniert vor sich hin: »Erscht werdet d Baura broiter, no d Traktora und no d Weg. Oder anderschrom?«

Früher fuhren klapprige Wägelchen mit eisenbereiften Holzrädern, bespannt mit einem mageren Kühlein, hier herauf, um ein bisschen Heu oder Laub aus den herbstlichen Buchenwäldern hinunter ins Dörfchen zu holen. Heute walzen gigantische Monster von Arbeitsgewerken den Hang hoch, mit XXL-Güllefässern, um Wiesen, Wälder und Auen in den Duft der großen, weiten, modernen Welt zu hüllen. Für Wochen. Die Landschaft hat dennoch Widerstand geleistet. Die Ränder der Wälder sind immer noch gesäumt von dem romantischen Heckenrosengesträuch, das den armen, aber fleißigen Leutchen von damals ein bisschen Bargeld in ihren bescheidenen Haushalt gebracht hatte. Reich wurden sie nicht davon, aber zufrieden. Die einfachen, unauffälligen Röschen tragen im Herbst Hagebutten. Das rote Gold von Auendorf. Damit machten die pfiffigen, emsigen Frauen von Auendorf den kleinen Ort berühmt und zur »Hochburg des Hägamarks«.

Das Auendorfer Hägamark. Aus heutiger Sicht beispielhaft in Sachen Produktentwicklung, Herstellung und Vertrieb. Mühsam mussten damals die roten Früchte des unscheinbaren Röschens aus den unzugänglichen, dornigen Hecken gezupft werden. Mühsam mussten sie entkernt und zerkleinert werden. Mühsam mussten sie zu dem verarbeitet werden, was in keiner schwäbischen Küche fehlen darf: zu Hägamark. Die Auendorfer entwickelten sich zu einem handelstüchtigen Wandervolk. Regelmäßig boten sie ihr begehrtes Erzeugnis an der Haustür an. In der Umgebung, von Ort zu Ort, in immer größer werdenden Kreisen. Auf die Märkte der umliegenden Städtchen und bis nach Stuttgart schwappte das Auendorfer Hägamark.

»Ond des älles aus so ma kloine Dörfle. Mir send scho beriehmt worda, mir Auadorfer.«

Mit sich selbst spricht Beeringer immer schwäbisch. Er redet oft mit sich selbst. Das gesprochene Wort erscheint ihm wesentlich habhafter. Es liegt zwischen gedacht und geschrieben. Vor allem das Schwäbische. Hoch- oder Schriftdeutsch benützt er nur rein dienstlich zur Unterstützung seiner Autorität.

Beeringer dreht sich etwas nach hinten und erschrickt. Eine kleine Promenadenmischung aus Spitz, Rottweiler und Flokati mit einem hängenden und einem stehenden Ohr schaut ihn aus zwei Metern Entfernung schief an.

Im gleichen Moment hört er von oben am Waldrand eine Stimme: »Hebet Se ihn, der isch mr abghaua, der Blitz.«

Beeringer bückt sich und greift nach der Leine, die herrenlos herunterhängt. Der »Blitz« weicht zurück. Das Spiel wiederholen die beiden so lange, bis die Stimme persönlich neben ihnen steht und mit dem Fuß auf die Leine tritt.

»Du Schlawiner, du durchtriebener!«

Der Satz ist nicht an Beeringer gerichtet, obwohl der freundliche Sprecher ihn dabei anlächelt.

»Benzl, Leonhard Benzl. Wie Daimler-Benz, bloß mit ma ›L‹ henta danna. Und der Schlawiner ghört meiner Schwiegertochter«, sagt er freundlich.

»I brauch halt au a bissle Auslauf. No fiehr i den Kerle älls a bissle spaziera – oder der mi, wia mr sieht. Meischt isch der vor mir drhoim, der Donderwetter.«

Der Mann ist sehr mitteilsam. Wenn da nicht sein akzentfreies Schwäbisch wäre, könnte man ihn für einen Berliner halten. Beeringer wittert ergiebige Informationen.

Vorsichtig geht er in Stellung: »So, no send Sie do von Auadorf?«

»Noi, mir send von Kirchheim. Mir bsuchet äll Johr fir a paar Wocha onsere Jonge, mein Sohn, wege dene guate Thermal-Quella do vorna em Goißatal. Günschtiger ko mr jo net zu ra sotta Kur komma. Send Sia au hier en dr Kur?«

Beeringer sieht seine Hoffnung schwinden, setzt aber hartnäckig nach: »Noi. Aber Sia send doch – wia lang send Sia no scho do en Auadorf – desmol, also des Johr?«

Es fällt ihm sichtlich schwer, sein Verhör im ungewohnten, weil dienstlichem Schwäbisch zu führen, kämpft sich aber wacker durch. Das Ergebnis kann sich sehen lassen.

Beeringer erfährt Unglaubliches, eine ganze Menge. Er weiß jetzt, wie wo wann und wen Benzl geheiratet hat und warum, kennt die Schuhgröße von dessen Frau, ihre künstliche und echte Haarfarbe und den Zeitpunkt, wann die älteste der drei Enkelinnen, die Blonde, die Masern hatte, auch die Adresse des behandelnden Arztes. Dass Landesvater Kretschmann mit der zweiten Frau seines Schwippschwagers fast verwandt sei. Dass der Dreißigjährige Krieg spurlos an Benzl vorübergegangen sei, die schlimmen rheumatischen Anfälle jedoch nicht, weswegen er sich eben hier in Auendorf aufhalte. Wie lange schon, verrät er nicht.

»Wie lang sind Sie denn jetzt schon da in Auadorf, jetzt mein ich, Herr Pinsel?«

»Benzl. B-e-n-z-l! Ogfähr scho genau drei Wocha, scho viel z lang. Wisset Se, mei Schwiegertochter – i will jo nex Bees iber se saga ...«

Geistesgegenwärtig hakt Beeringer wieder nach und fährt in seinem Verhör-Hochdeutsch fort:

»Und sagen Sie, wenn Sie doch öfter da mit dem ... Schlawiner unterwegs sind, ist Ihnen hier an dem Platz etwas Ungewöhnliches aufgefallen, ein Gegenstand, Tasche, Kleidungsstück et cetera?«

»Hend Sia was verlora?«

»Nicht grad direkt. Denken Sie doch mal nach ...«

»Ja, halded Se mol, do fällt mr ei, mei Schwiegertochter hot do letscht Woch so en alda Kittel drherbrocht. I han glei gsagt ... Sie hot en no, glaub e, glei aufs Rothaus traga, Fundamt, aber i glaub, den holt koiner meh ab, Geld war kois denna – haaalt, du Zigeiner!«

Der durchtriebene »Blitz« ist schon wieder mit wehender Leine und flatternden Ohren unterwegs, schnurstracks ins Dorf zurück.

Die beiden Herren, die sich in ihrer Unterhaltung so warmherzig nahegekommen sind, beeilen sich ihm hinterherzukommen. Beeringer hat auf dem gemütlichen Heimweg ausreichend Gelegenheit, den Rest der äußerst interessanten Lebensgeschichte Benzls mit ihrem Einfluss auf das allgemeine Weltgeschehen in allen Einzelheiten lückenlos zu erfahren.

Inzwischen ist es spät geworden, zu spät, um noch mal auf dem Rathaus vorbeizuschauen. Fräulein – Frau – Kieser hat ja die Regierungsgeschäfte für heute niedergelegt. Bee-

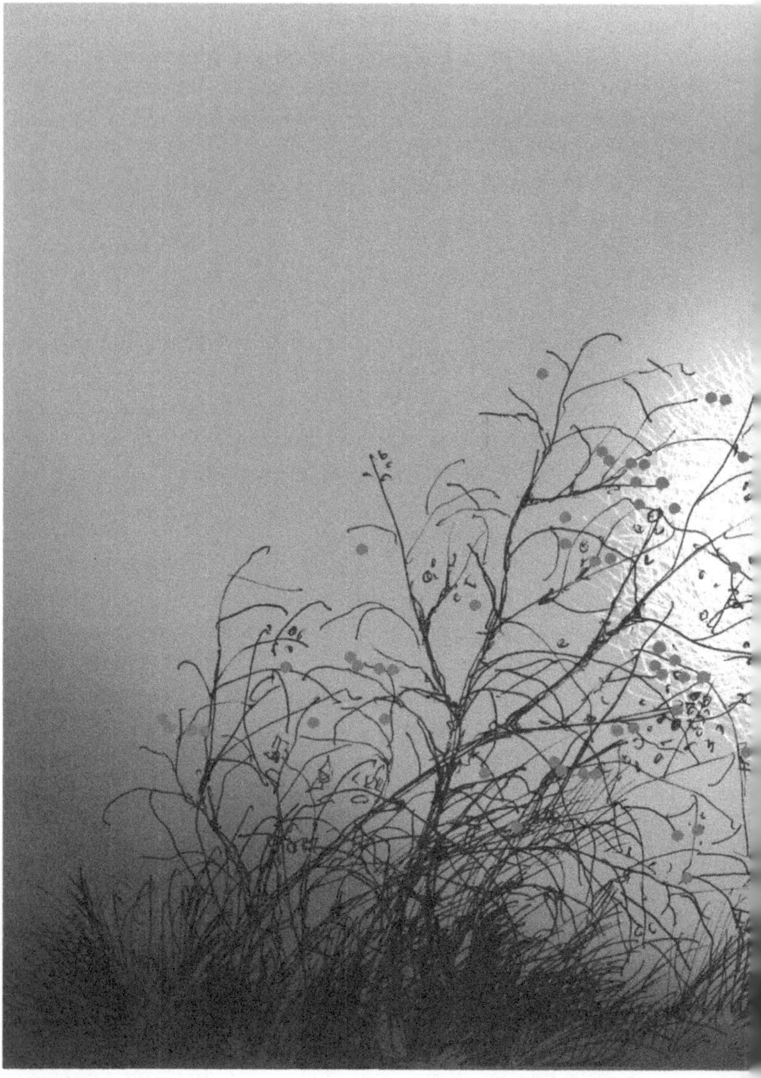

ringer muss unbedingt erst mal in den Besitz dieses Corpus Delicti, dieses verdächtigen Kittels, kommen, um herauszufinden, wem er gehört – morgen.

Heute wird er erst mal etwas Abstand nehmen und sich mit seiner Irma im trauten Heim einen gemütlichen Abend machen. Er biegt von der Straße in den Weg zu seinem Haus ein. In der Einfahrt parkt ein Pkw. Ferrarirot, mit der Nummer S-RV 212.

»O Heimatland, des wird en gmiadlicher Obend!«

Er überlegt kurz einen Rückzug – aber wohin?

Hebsacker. Gottlieb Hebsacker, sein Schwager. Im Grunde ein umgänglicher, unkomplizierter Artgenosse, wäre da nicht sein ihm angetrautes, edelblütiges Eheweib. Anneliese. Eine höhensonnengereifte Doppel-Endzwanzigerin mit dynamischem Mitteilungsbedürfnis und sehr starkem Selbstwertgefühl. Beeringer ist der Ansicht, dass, wenn man alles zurückbauen würde, was Anneliese im Laufe der Zeit an Extras, Zubehör und Tuning an ihrem Äußeren hatte anbringen lassen, wäre eine recht hübsche Frau darunter – rein optisch gesehen.

Er fasst sich, atmet noch einmal kräftig durch und betritt sein Heim.

»... ond du glaubsch es nicht – für unglaubliche neunzehn neunundneunzig ... ja, da isch r ja!«

Anneliese unterbricht den Bericht über ihre jüngste, unglaublich erfolgreiche Shoppingtour und begrüßt ihren Schwager, wobei sie ihn mit Küsschen links, Küsschen rechts in eine Wolke der neuesten Kreation einer expandierenden Duftwasserindustrie einhüllt.

»Griaß de, Anne, griaß de Gott, Gottl – so, sen r komma?«

Äußerst originelle Frage, blöder gings nicht.

»Wellet r was trenka?«

Im selben Moment sieht er, dass bereits Wein auf dem Tisch steht. Ausgerechnet der edle, trockene Bon Monet, den er damals in der kleinen Kellerei im Rhonetal entdeckt hatte. Von dem hatte er einige Flaschen mitgebracht und beiseitegestellt, für besondere Anlässe.

»O Irma, i han dr doch gsagt …«, denkt er. »Do hetts doch au der Semsagräbsler vom Lidl do!«

»Mir habet schon was, ein einigermaßen passabels Getränk, danke«, flötet Anneliese. »Es gibt da ja unglaubliche Unterschied bei de Rotweine. Mir habet da auf unserer Wein-Exkursion mit dem Leonis-Club in der Toskana, wo mir hingfloga sind, einen unglaublichen Tropfen entdeckt. Cuvée, mit einem unglaublich rund abgerundeten Bukett. Brunelli oder Brunetti oder Brunello. Ganz spitze. Die koschten nadierlich au a bissle was, gell. Mir habet glei zehn Kischtla à sechs Stück bestellt.«

Irmas Bruder versucht ganz tief in Irmas dekorative Sofakissen zu versinken.

»Hettet ihr nicht braucht, den gibts au beim Aldi«, entfährt es Beeringer.

Irma wirft ihm einen erst zornigen, dann dankbaren Blick zu, was so viel heißt wie: »Guat so, aber s hetts jo net obedengt braucht.«

Dieses familienverbindende Gespräch mit langen und bedeutenden Beiträgen von Anneliese und kürzeren, unwesentlichen der anderen zieht sich so dahin und in die Länge. Und Beeringer zieht nach einer Weile seinen Schwager in die Küche und in ein Gespräch.

»Sag mol, Gottl, dr Breuninger, der isch doch et weit von deim Büro im Rathaus in Stuttgart? I han do so a kloine Sach, a Auskunft, wo mr wahrscheinlich et telefonisch rauskriaga ko. Mr sott do a bissle gschickt und raffiniert vorganga, aber des kosch du jo, du bisch jo Verwaltongsobersekretär. I han denkt, du kosch jo saga, du kommsch vom Rothaus. So von Vrwaltong zu Vrwaltong.«

»Was hosch denn wieder vor?«

»I muaß bloß a paar Data rausgriaga von a paar Data, wo e no net han. Aber dia griag i morga. I ruaf de no a ond gebs dr durch.«

»Isch des net vrbotta?«
»Des wird mr seha.«
»Hano, wenn du sagsch.«
So, für Amtshilfe ist damit gesorgt. So hat der Abend trotz Anneliese doch noch etwas Nützliches gebracht.

Ruhe legt sich über das Dorf, nachdem Gottlieb und Anneliese die traute Stätte der Begegnung in Richtung Autobahn Stuttgart verlassen haben.

# Auendorf

Ruhe ist wieder eingekehrt. Ruhe und Hägamark ist eigentlich das Einzige, was Auendorf in Mengen zu bieten hat. Gleich links der Strecke Wiesensteig – Geislingen, dem Goißadäle, liegt der zu seinem Vorteil scheinbar vergessene kleine Ort. Und er liegt still und schweigend und ruht in Frieden wunderbar.

Außer samstags! Samstag ist Ruhetag vom Ruhetag. Es ist der Tag der Unruhe. Samstags erwachen alle Traktoren, die Auendorf beherbergt, aus ihrem Wochenschlaf und puffen einander ihre Diesel-Rauchzeichen aus senkrecht gestellten Rohren zu: Auf gehts, los gehts. Hopp – hopp – bopp – bopp – boppopop.

Sie kriechen wie emsige Ameisen in Gassen, Straßen und Wegen. Ihre Besitzer, alles ehemalige Nebenerwerbsbauern, die ihr zu kleines Land längst verpachtet haben, versuchen ihr übrig gebliebenes Ackergerät noch sinnvoll zu nutzen. Nach dem schwäbisch bewährten Motto: »Oms Haus rom duats no.« Und so fährt einer immer ums Haus des andern rom, meist ohne Hänger, um sinnvoll zu nutzen.

Der unbeteiligte, aber mit einbezogene Verkehrsteilnehmer entdeckt unterschiedlichstes Transportgut. Meist rechts und/oder links vom Fahrer auf den beiden großen Kotflügeln zwei Bierkisten, wahlweise ein Hund und eine Frau mit Kittelschürze und Schirm oder ein Treibstoffkanister und ein oder zwei Kettensägen. Die Liste ist unendlich variabel.

Als Beeringer seinerzeit aus Göppingen hierher gezogen war, in das Haus, das Irmas Eltern ihnen hinterlassen hatten, hatte er eine ganze Weile gebraucht, um hinter die Geheimnisse und Regeln des dörflichen Zusammenlebens zu kommen. Er wurde einfach nicht so richtig ernst genommen, obwohl er Schwabe war, die Sprache beherrschte, in den Sängerchor eingetreten und bei jedem Dorffest präsent war. Daran konnte es also nicht liegen. Man grüßte ihn freundlich, aber immer mit einer gewissen Skepsis und Scheu. »Fremdele« nannte man das wohl.

Was hatten die alle nur, was Beeringer nicht hatte?

Seine ausgeprägte Beobachtungsgabe erleuchtete ihn schließlich: »A Ohängkupplung!«

Fast alle hatten eine Anhängerkupplung an ihrem Auto. Diese signalisierte eindeutig einen starken Willen zum Schaffen. Auch samstags. Gerade samstags.

Beeringer rüstete nach und siehe da, er war endlich angekommen.

Fast. Denn erst als bekannt wurde, dass er im Besitz einer Kettensäge war, war die Integration abgeschlossen. Fortan fuhr er fast jeden Samstag in dem von den Traktoren vorgegebenen Tempo zweimal durchs Dorf, sorgfältig darauf achtend, dass Anhängerkupplung und Kettensäge gut sichtbar waren.

* * *

Es ist Dienstagmorgen und Beeringer ist schon unterwegs zum Bürgermeisteramt, eigentlich Bürgeramt, denn der Meister ist selten hier anzutreffen. Beeringer hat sich ein raffiniertes Vorgehen in der Sache »Kittel« zurechtgelegt. Denn einerseits soll das brisante Stück ja möglichst so lange hier deponiert bleiben, bis sein Besitzer es holt. Andererseits, was ist, wenn er es nicht holt?

Beeringer muss zweigleisig fahren.

»Guten Morgen, Fräu… – Frau Kieser.«

»Ja do guck her, Herr Bäringer! Hent Se was vrgessa geschtern?«

»Noi, was ganz anderes. Sagen Sie, wurde da vor Kurzem ein Kleidungsstück gefunden – beziehungsweise abgegeben, mein ich?«

»Ja, hald amol, ja, i glaub, d Frau Benzl hot doch do … letscht Woch ebbes brocht. Hent Se was vrlora?«

»Nicht direkt, also: Was hat sie gebracht?«

»Kommt druff o, was Sie vrlora habet, wenn Sies mir beschreiba kenntet?«

»Also gut, eine blaue Jacke mit einem Breuninger-Etikett drin.«

»No guck i mal …« Sie verschwindet für eine Weile. »So, der do, ischs der?«

Beeringer untersucht die Jacke umständlich und kramt in den Taschen herum. Das Kleidungsstück kommt ihm irgendwie bekannt vor, als hätte er es schon einmal irgendwo gesehen. Aber jetzt will er möglichst schnell und unauffällig an den gewöhnlich in Kleidung eingenähten Zettel mit den technischen Angaben zu Herstellung, Größe, Kontrollnummer und Fertigungsnummer kommen. Endlich findet er ihn.

»Ja, das könnte die Jacke sein, möglich … Ich muss noch mal ans Licht.« Er entweicht kurz vor die Tür, entfernt das Etikett mit einem kräftigen Ruck, kommt wieder herein und sagt: »Noi, die ist es nicht.«

»Ja, sonscht haba mir leider nix zur Auswahl, aber mir kriegen vielleicht bald wieder ebbes Entsprechendes rei, wo Ihne besser gfällt.«

Beeringer ist zufrieden mit seiner Beute. Er wendet sich nochmals an Frau Kieser: »Frau Kieser, könnten Sie mich vielleicht freundlicherweise benachrichtigen, wenn sich der richtige Verlierer meldet?«

»Freile, mir schreiben doch die Nama sowieso auf, wega dem Finderlohn, wisset Se.«

Beeringer tippt zum Abschied lässig an seinen Hut, der sein »Maigret-Image« so eindrucksvoll unterstützt, den er geradezu unabnehmbar trägt, auch zu Zeiten und Anlässen, die nicht zwingend eine Kopfbedeckung erfordern. Dann verlässt er behende den Regierungsbereich und begibt sich hochzufrieden wieder nach draußen.

Das erste greifbare Indiz hat er jetzt in Händen beziehungsweise in seiner Hosentasche. Mit etwas Glück führt es ihn zu der Person, die etwas mehr Licht in diesen mysteriösen Fall bringen kann. Vorausgesetzt, sein Mittelsmann in Stuttgart hat das nötige kriminalistische Geschick. Schwager Hebsacker.

Beeringer angelt nach seinem Handy. »Du, horch amol … Beeringer, wer denn sonscht … Du, Gottl, mir hen doch geschtern … ja … grad wega dem ruf i an. I brauch dei Faxnommer, no fax i dr ebbes nom uff dei Fax. Mit dem soddescht zom Breuninger nomm ond probiera, ob …«

Er erklärt Hebsacker, mit welcher seiner raffinierten Methoden es möglich ist, Namen und Adresse des Kittelkäufers zu ermitteln, vorausgesetzt, er hat mit Scheck- oder Kundenkarte bezahlt. Die Idee war ihm gekommen, weil er selbst die größeren Einkäufe bei Breuninger zwar selten, aber bei Bedarf ebenfalls auf diese Weise erledigt.

So, jetzt muss er sich die mutmaßliche Schreiberin des anonymen Schriftstückes vornehmen: Frau Benzl Junior.

Hier den kleinen Hang hoch, rechts an der Kirche vorbei, fünfzig Meter linker Hand.

Schon sieht er – natürlich – Herrn Benzl Senior am Gartentor hantieren.

»Ha, do guck no, dr Herr Beeringer, ha, do guck her! Ha so was, erscht sieht mr sich a halbs Leba lang nett ond no glei zwoimol, sozusaga doppelt.«

»Grüß Gott, Herr Benzl, so, schon fescht am Werken?«

»Ha jo, wenn mr net nach ällam selber guckt, dia Jonge … Do am Deerle, do hot sich ein Tröpfle Eel vrklemmt … hahaha … Wo kommet Se her, wo wollet Se no?«

»Zu Ihrer Schwiegertochter, wenns erlaubt ist.«

»Und des freiwillig? Ha no, Reschpekt, Reschpekt! – Claudia! … Sie isch en dr Wäschkiche. Clau… Do isch se scho.«

Claudia Benzl schaut aus der unteren Tür des Hauses, die direkt in den Garten führt. Eine blumenreiche Kittelschürze und ein adrett nach oben gebundenes Kopftuch weist sie als original schwäbische Vollzeit-Hausfrau aus.

Sie blickt unsicher auf Beeringer und wendet sich mit einem etwas misslungenen Lächeln an ihren Schwiegervater: »Gell, Opa, du gohsch doch noch mol gschwend mit em Hond spaziera. Gell? So, Herr Beeringer.«

Leonhard Benzl winkt Beeringer kurz zu und trollt sich in Richtung Haus.

Beeringer weiß nicht recht, wie er beginnen soll, wühlt in den Innentaschen seines Jacketts, zieht den bis dahin anonymen Brief hervor, ohne ihn zu entfalten.

Frau Benzl streicht sich verlegen mit beiden Händen die ausladende Fassade ihrer floralen Kittelschürze glatt und bittet umständlich-zuvorkommend Beeringer ins Haus.

»So, Herr Beeringer, trettet Se doch näher.«

Beeringer findet immer noch nicht den rechten Einstieg ins Gespräch. Er möchte sein Opfer mit möglichst verfänglichen Fragen zum Geständnis zwingen. Claudia Benzl soll sich selbst als Schreiberin dieses anonymen Briefes entlarven.

»Frau Benzl, Ihr Hund und Sie kommen doch viel herum. Welche Wege gehen Sie denn so im Allgemeinen?«

»Ha, mol do ond mol do, wia sichs grad ergibt.« Umständlich versucht sie sich der Überführung zu entziehen.

»Sie gehen nicht mal auch ab und zu den Weg zum Galgenberg?«

»Welchen moinet Se jetzt, den von onda her oder den von hendarom? Worom froget Se mi denn so, isch ebbes bassiert? ... I han mers doch glei denkt, dass do was faul isch.«

»Was meinen Sie, was sollte denn faul sein und weshalb?«

»Ha, wenn d Kremenalbolizei scho dra isch an dera Sach.«

»O Heimatland«, denkt Beeringer, »wie oft hab ich das jetzt schon ...«

Er hat in der Vergangenheit immer wieder vergeblich versucht, die hartnäckig-irrtümliche Vorstellung, die seine Umwelt von seiner Tätigkeit hat, zu korrigieren. Er ist und bleibt halt ein »Kriminaler«.

Er war Verwaltungsbeamter gewesen, hatte sich um die administrativen Angelegenheiten, den reibungslosen Ablauf des Kriminalapparates, gekümmert. Er war für Fahrzeuge, Toiletten- und Schreibpapier, Equipment und Waffen, Computer, Korrespondenz und vielerlei und alles zuständig gewesen, nur nicht für Verbrechen. Gelegentlich hatte er zur Freude seiner Kriminalkollegen tatkräftig und zuverlässig mitgeholfen, ihre Ermittlungen in eine Sackgasse zu führen. Aber hauptsächlich verwaltete er von Amts wegen. Obwohl er, seiner Meinung nach, seinen Profikollegen weit überlegen war, was Intuition und Kombinationsgabe betraf. Schon längst hatte er sich das Rüstzeug, Spürsinn und Fachwissen, das manchem Kriminal-Profi abging, angeeignet. Aber er war eben nur Linus Beeringer, Oberverwaltungssekretär mittlerer Laufbahn mit viel kriminalistischem Potenzial und detektivischem Talent, und nicht einer der inkompetenten Kriminal-Überhaupt-Kommissare.

Beeringer bohrt und stochert hartnäckig weiter und drängt Claudia Benzl in die Enge: »Ja dann kennen sie wohl die ›Sach‹, an der wir dran sind?«

Jetzt kann Claudia Benzl dem Druck nicht mehr standhalten, dem Druck der Wissbegier und vor allem des Mitteilungsdrangs. »Was isch em denn bassiert, em Herr Hagmeier? Hen Se en … also wenn Se mi frogat, no hen se en … oder dia hen an … des isch mr scho lang uffgfalla … lang hot des nemme guatganga kenna … des war emmer en so netter Mann.«

»Was heißt war, ist er jetzt nicht mehr nett? Sie wissen also, was mit ihm passiert ist?«

»Ha noi, sonscht hett ichs Ihne jo gschrieba. *Sie* send doch an dem Fall dran! Sehn Se, so schnell koos ganga.«

»Kannten Sie denn – vielmehr kennen Sie den Herrn Hagmeier näher?«

»Ja freile, guat, vom Hörasaga – also meh vom Höre sozusaga. Der hot emmer so nett zua mir romgriaßt. Ond Geld wär au do gwäa … dass der no koi Mädle gfonda hot! Also i an meiner Stell hett … Er hot doch kirzlich – vor ma halba Johr etwa – em Lotto gwonna. Ond i sag emmer: Geld vrdirbt dr Charakter, wenn mrs net selber hot. Ond seit vierzehn Dag hört und sieht mr nex meh von em. Schad drom … Wo hend Se en denn gfonda? I habs doch glei gwisst! Ond jetz isch scho d Kremenalbolezei … womeglich ben i jetzt dui, wo en s letscht Mol lebend gseh hot! Ich sag nichts mai ohne mein Anwalt.«

Beeringer hat genug gehört. Es ist Zeit, sich auf den Heimweg zu machen, denn Irmas Küchenuhr tickt gnadenlos. Was sie wohl heute wieder auf den Tisch zaubert?

Am Nachmittag wird er die Person Hagmeier näher betrachten. Er wird jetzt noch das Fax an Hebsacker auf den Weg bringen und dann später den dubiosen, netten Vermissten aufsuchen, den Frau Benzl so in ihr Herz geschlossen hat.

Hagmeier gehört zu der Spezies männlicher Wesen, denen es nicht gelingen will, aus dem reichlichen Angebot an schwäbischen Töchtern eine zu bewegen, die heilige Verbindung ehelicher Gemeinschaft mit ihm einzugehen. Jahr um Jahr vergeht mit vergeblichen Versuchen, bis zu guter Letzt der Bau eines Einfamilienhauses als letzter Trumpf und verlockender Köder eine Gefährtin erweichen und an seine Seite treiben soll. Diese Fälle sind hier im oberen Filstal und Umgebung weit weniger selten als anderswo. Der Hilfe versprechende Neubau wird nach achtzigprozentiger Fertigstellung bezogen. Zunächst mal nur in einem Teilbereich, um den Rest noch für die rosige Zukunft zu schonen. Und dann wird gewartet. Die Chancen haben sich erhöht und in vereinzelten Fällen sollen sie auch schon zum Erfolg geführt haben. Nicht so bei Hagmeier. Er wohnt ganz allein in seiner schmucken Jungfrauenfalle. Schon eine ganze Weile. Das zeigt, dass er die Hoffnung noch nicht völlig aufgegeben hat.

Beeringer begibt sich am späten Nachmittag auf den Weg zu Hagmeiers Haus, um sich selbst ein Bild von ihm und seiner Lebensweise zu machen. Am Ende des Weges, der auch am Anwesen der Benzls vorbeiführt, empfängt ihn ein still vor sich hindösendes Einfamilienhäuschen. Noch unverputzt, mit halb herabgelassenen Fensterläden wie im Halbschlaf. Verwaister Carport, geschlossene vorhanglose Fenster und hochgestellter Schuhabstreifer deuten auf nicht allzu viel Leben im Haus. Beeringer versucht es trotzdem an der namenlosen Klingel der Haustür.

Nix.

Er schlendert gemächlich einige Schritte nach rechts, um diese Ein-Mann-Idylle näher zu ergründen. Sondiert so Schritt um Schritt das gesamte Rundum-Stillleben Hagmeiers. Ein selbst gezimmerter Hasenstall mit vier Boxen. Ohne Einwohner. Ein Spaltblock, ein beachtlicher Stapel Brennholz, eine gefüllte Regentonne an der hinteren Dachrinne und eine Zinkblech-Badewanne aus den Fünfzigern, ebenfalls randvoll mit Regenwasser.

»Seit mindeschtens vierzehn Dag hots nemme gregnet, des muaß scho lenger do standa.« Beeringer artikuliert laut, um seine Gedanken auf seine Festplatte zu laden. »Dia paar Bläamla, wo do d Kepf nonderhänget, hend au scho lang koi Giaßkann meh gseha. Hasa send au koine meh denna en dr Kischt. Ond s Gras ischt ellalang. Do ischt, abgseha von a paar Meis, scho lang näamert meh en dr Villa.«

Er drückt die Klinke an der Tür zum Schopf, der unmittelbar an den Carport grenzt, und wundert sich nicht, als sie verschlossen ist. Was ihn wundert, ist, dass der Schlüssel steckt. Er dreht ihn, öffnet, tritt einen Schritt ins Innere, sieht sich um.

Nichts Ungewöhnliches: Ein Quartett alter Winterreifen links hinten, gleich daneben eine alte, ehemals schöne Kommode aus massivem Kirschbaumholz. Ein Vermächtnis der guten alten Zeit. Eine Schublade fehlt. Ein Rasenmäher älteren Baujahrs rostet in der Ecke neben ausgebauten Einzelteilen vor sich hin. An der hinteren Wand ein selbst gebautes

Holzregal aus Dachlatten, vollgestopft mit den kuriosesten Gegenständen und Werkzeugen, durcheinander wie Kraut und Rüben.

Beeringer schüttelt den Kopf und murmelt: »Au so en ›Deskenntmrvielleichtaunomolbraucha‹.«

Er wendet sich und entdeckt an der Innenseite der Tür eigenartige braunrote Spuren. Darunter auf dem Boden angetrocknete Tropfen in unregelmäßiger Gruppierung. Ziemlich viele.

»Wenn des mol koi Bluat isch.« Vor sein geistiges Auge zwängt sich das plastische Bild einer blutigen Tat, die wohl diese grausige Spur hinterlassen hat.

Mit sorgenvoller Miene verlässt Beeringer eilends die vereinsamte Junggesellen-Residenz in Richtung Dorfmitte. Bei einem Blick zurück stellt er noch fest, dass der Briefkasten an der Haustür leer zu sein scheint.

»Eigaartig!«

Kurz vor der Mündung des Weges in die Hauptstraße begegnet ihm Frau Kieser auf ihrem Heimweg. »Grüß Gott, Herr Bäringer, so sind Sie auch …«

»Ja, ich komm da gerade vom … sagen Sie, Sie wissen doch sicher, wo der Herr Hagmeier, der dort oben ein Haus hat, arbeitet?«

»Ha ja, der schafft do vorna em Täle, en Bad Ditzabach beim Sankt Nepomuk Kräuterhaus als Fahrer, scho lang. Aber der isch …«

»Ja, danke, das genügt, ich wünsch Ihnen noch einen schönen Feierabend.«

Er lässt die in ihrem Redeschwung Unterbrochene stehen und beeilt sich nach Hause zu kommen.

Irma ist mit dem Zwei-Uhr-Bus nach Deggingen gefahren. Zu ihrem »Weiber-Club«, wie er es immer nennt. Eine Handvoll Frauen aus der Umgebung treffen sich regelmäßig, um sinnvolle Maßnahmen zur Erhaltung von … zu erörtern. Er kann sich nicht mehr genau erinnern, was sie erhalten wollen. Sie erörtern gewöhnlich bis gegen acht Uhr, dann soll er Irma dort abholen. Immer wenn er ganz allein in seinen vier Wänden zubringen muss, überkommt ihn nach einer gewissen Zeit ein Gefühl der Verlassenheit, verbunden mit einer völligen inneren Leere. So um die Bauchgegend und um die Essenszeit herum.

»Du kannsch dr jo die Kuttla nomol warm macha mit ma Stickle Brot, bis e wieder komm«, hatte sie gesagt.

Beeringer inspiziert den Kühlschrank, findet auch gleich den Topf mit den Kutteln und stellt ihn auf die Herdplatte. Schaltet auf Stufe fünf, geht ins Wohnzimmer und drückt auf die Fernbedienung des Fernsehers.

Nachrichten im SWR: »... wie sie entkommen konnten und ob sie Komplizen hatten, die sie von außerhalb unterstützten. Wir berichten, sobald wir Weiteres erfahren. – New York: Die Kurse Dow Jones und Dax haben erneut nachgegeben, so dass ...«

Beeringer blickt zum Gerät, drückt erneut auf die Tasten der Bedienung, auf andere Sender, aber er kann zum Thema Komplizen nichts mehr erhaschen. Enttäuscht schaltet er den Fernseher ab und lässt die Bedienung aufs Sofa beziehungsweise die Chaiselongue fallen. Er dreht sich zur Küche, schaut auf die Uhr.

»Vrdammt, des isch jo scho Dreiviertel, jetz aber los, sonscht ...«

Sonst? Sonst könnte die harmonische Atmosphäre und die im Wesentlichen und Allgemeinen im Hause Beeringer übliche Eintracht an diesem angebrochenen Abend etwas leiden. Er schnappt seinen unentbehrlichen Hut, den Kittel, die Autoschlüssel und nichts wie los.

»O Irma, mei Engele, i komm.«

* * *

Mit etwas mehr Tempo als üblich erreicht er Deggingen und nimmt sein schon am Trottoir wartendes Engelchen noch einigermaßen rechtzeitig an Bord.

Wieder zu Hause, also ungefähr an der letzten Biegung der Straße, bevor er in den Weg zu ihrem Haus einbiegt, fragt Irma: »Hosch du iberhaupt scho was gessa?«

»Hä? Ja, scho oft.«

Ihm fallen seine Kutteln ein. Siedend heiß, im wahrsten Sinne des Wortes.

»Heit, moin i, du Sempl.«

Sie erreichen die Einfahrt zu ihrem Haus. Aus dem leicht gekippten Fenster der Küche kräuseln romantisch-zarte Nebelwölkchen empor.

»Hosch wieder d Bude vollgraucht mit deine Kippa?«, fragt Irma.

»Wahrscheinlich, Irma, wahrscheinlich.«

Wie angebrannt eilt er zur Haustür. Öffnet und wird sofort von weiteren Wölkchen, wie auf der Schaubühne von Copperfield, illuminiert und verschluckt.

Irma ist sprachlos. Dafür ist er ihr sehr dankbar.

Sekunden später steht sie auch im Haus. Neben ihm. Unsichtbar.

»Wo brennts?«

Sie tasten gemeinsam aneinander und auf dem Herd herum. Er erwischt den gefüllten Kutteltopf. Das hätte er nicht tun sollen. Der Topf ist sehr, sehr heiß. Ein markerschütternder Fluch, unterlegt von dem metallisch-blechernen Schlussakkord eines Schlagzeug-Finales, mit dem der Topf zu Boden knallt. Beeringer tastet zum Spülbecken, rutscht auf etwas glitschig Weichem – wahrscheinlich den stark komprimierten Kutteln – aus, und schlägt, wertvollen Hausrat mit sich ziehend, entlang von Irmas praktischer Küchenzeile auf dem erlesenen Toskana-Terrakotta-Boden auf.

Irma bleibt unbeschädigt. Sie öffnet beide Flügel des Küchenfensters und leistet Hilfe zur Selbsthilfe.

Beim Aufrichten trifft Beeringer zielgenau einen der nun in die Küche ragenden Fensterflügel von unten mit dem Kopf. Sein Hut, den er immer noch aufhat, bildet die nützliche Knautschzone, die den Zusammenprall der beiden harten Gegenstände etwas abmildert.

»Bass uff!«

»Auf was denn jetzt no?«

* * *

Der Rauch verzieht sich träge, wie der Nebel im Frühherbst im Goißatal. Langsam bildet sich, wie im Weichzeichnereffekt eines Heimatfilms, ein Bild des Elends. Von dem sonst blitzblanken Fussboden in Irmas vorbildlich geführter Küche dampfen die sehr warmen Kutteln. Somit bekommt die geläufige Redensart »Da kann man vom Fußboden essen« ihren Sinn.

Nach Beendigung der notwendigsten Restaurierungs-Renovierungs- und Beseitigungs-Arbeiten sitzt Beeringer in seinem bequemen Lieblingssessel und versucht sein Feuerzeug zum Brennen zu überreden. Mit je einem verbundenen Daumen und Zeigefinger pro Hand ein fast unlösbares Unterfangen. Er ist auf die Unterstützung seiner Irma angewiesen.

»Do zend i dir a Kerz o, oder glaubsch du, i spreng ond mach dir äll Furzlang a Zigarett o? Außerdem brauchsch sowieso et so viel raucha, s ganz Haus stenkt wie en abbrennta Goißastall.«

Kerzenschimmer, eine Feststimmung wie am ersten Adventssonntag, und das mitten im Sommer. Den dazu passenden Sternenhimmel hatte er ja vorhin unter dem Küchentisch gesehen. Abgesehen von einem aparten Pflaster auf seiner rechten Stirnhälfte und eine Stelle an seiner Hinterseite, die allerdings durch die Hose verdeckt wird, ist kaum ein Schaden sichtbar.

»Do hett woiß Gott was bassiera kenna, wenn e mein Huat et aufghet hett«, sinniert er vor sich hin.

Den Abend und die Nacht verbringen die Beeringers friedvoll in ihrem trauten Heim, bei zahlreich und weit geöffneten Fenstern.

* * *

Vögel und Vögelchen zwitschern und tirilieren vor den immer noch weit geöffneten Fenstern des Beering'schen Ernährungszentrums: der Essküche, die am gestrigen Abend so gelitten hat. Sie genießen den sonnigen Morgen genauso wie Irma und Linus Beeringer. Es scheint wieder ein heißer Tag zu werden. Seit Wochen kein Tröpfchen Niederschlag.

Irma plaudert von ihrem Frauennachmittag.

Beeringer hört nur mit halbem Ohr zu, bis er den Satz vernimmt: »... no hen mir em Fernseh – hosch au gseha? Do sen doch zwoi ausbrocha vom Hohaaschberg – Hen se dia scho? Dia waret do uff dr Krankastatio vom Gfengnis ond hend no des ausgnitzt ond send abghaua – sollat gfährliche Kerle sei, mit Waffa ond so. Moinsch, dia kenntet au zu ons do ruff ...?«

»Awa, was welltet dia au do bei ons? Vielleicht sich hender de Hagabuttahecka vrstecka?«

Obwohl, die Autobahn Stuttgart-München führt unmittelbar hier in der Nähe vorbei. Hier über den Hang zur Ruaschtastoig und runter zur Autobahn-Rast- und Tankstelle in Gruibingen ist es nur ein Katzensprung. Solcherlei Orte ziehen besonders, genau wie Bahnhöfe, sonderbare, zwielichtige und halbseidene Zeitgenossen an.

Beeringer fällt Hagmeier wieder ein. Er will ihn heute an seinem Arbeitsplatz aufsuchen.

Gleich nach dem Frühstück macht er sich auf den Weg. Das Tälchen vier Kilometer hinab nach Bad Ditzenbach. Das Kräuterhaus Sankt Nepomuk ist nicht zu übersehen. Über der Kreuzung der Hauptstraße, ein repräsentatives Verwaltungs- und Empfangsgebäude in Neo-Neuschwansteiner Winkel-Ecken-Türmchen-Zinnen-Architektur. Ein Erscheinungsbild, das selbstbewusst alle teuren und edlen Baumaterialien vereint, um den Kräutern, die darin verarbeitet und vertrieben werden, ihre heilsame Wirkung zu verleihen. Daneben, etwas weiter die Straße entlang, noch ein oder zwei wesentlich nüchterner gehaltene lange Zweckbauten, die wohl der Fabrikation und Lagerhaltung dienen.

Früher, ganz früher gab es hier in Bad Ditzenbach ein paar kundige Sammlerinnen, bei denen man sich bei Bedarf Kräuter, Tee und gesunde Ratschläge holen konnte, die Bärlauch Martl und die Wegerich Hanne.

Die Kräuter gibts also noch, die kundigen Sammlerinnen nicht mehr.

Beeringer betritt den Tempel der Gesundheit und wendet sich zum Empfang.

Eine Dame mittleren Mittelalters strahlt ihn an: »Mit was kann ich Ihnen helfen?«

Sein Pflaster an der Stirn und sein etwas unregelmäßiger Gang weist ihn offensichtlich als Hilfesuchenden aus.

Denkt er und sagt: »Ja, ich weiß nicht, ob das möglich ist während der Arbeitszeit … Ich hätte gern den Herrn Hagmeier gesprochen, der bei Ihnen arbeitet.«

»Hagmeier … Hagmeier … Ach, der Herr Hagmeier! Ja, ich weiß nicht, der arbeitet glaube ich nicht mehr hier … aber nehmen Sie doch dort auf unserer Relax-Gruppe kurz Platz, ich ruf Ihnen jemand, der Ihnen Genaueres sagen kann. Einen Moment.«

Sie telefoniert. Beeringer wartet.

Fünf Minuten, dann erscheint ein gut gekleideter Herr, der mit erhobener, wie als Lanze ausgestreckter Hand auf ihn zukommt: »Bernhard. Sie wollen zu Herrn Hagmeier? Das ist so eine Sache …«

»Beeringer, Linus Beeringer.«

»Ach, nicht zu Herrn Hagmeier?«

»Doch, doch, nein … Ich heiße Beeringer.«

»Ach so, das tut mir leid, nein, ich meine, es tut mir leid, dass Sie ihn hier nicht antreffen können. Herr Hagmeier arbeitet nicht mehr für uns. Er hat uns vor drei Wochen verlassen und hat eine andere Stelle angetreten. Wo, kann ich Ihnen allerdings nicht sagen.«

Nach dem üblichen »Danke – keine Ursache – entschuldigen Sie – gerne, aber selbstverständlich – ganz meinerseits – und nochmals vielen Dank« verlässt Beeringer nachdenklich die Kräuterhochburg.

»Irgendwo muss doch der Kerle aufzdreibet sei. Wia vom Erdsboda vrschluckt.«

Sollte Frau Benzl mit ihrer Eingebung doch recht haben …?

Er geht gedankenversunken zu seinem Fahrzeug. Sein Handy spielt Beethovens »Neunte«.

»Beeringer … Ach, du bischs … Griaß de, Gottlieb … So, hoschs? … Warsch beim Breininger? … Ja klar, des isch freilich net so oifach … Was sagsch? … Ja, spennsch jetzt? … Der Kittelkäufer hoißt Linus Beeringer, wohnhaft in Auendorf? … Ja, leck mich, des wär jo i! … Lach net so bleed … Jetz woiß i au, worom mir der Kittel so bekannt vorkomma isch … Spar dr deine Witz … Ja, ja … I dank dr trotzdem … Ja, du mi au … Gruaß an deine liebe Anneliese.«

Benommen lehnt Beeringer an seinem Auto. »Wie kommt mei Kittl do nuff an Galgaberg?«

Was geht hier vor? So schnell wird man vom Sucher zum Gesuchten.Vom Jäger zum Gejagten. Hat vielleicht …?

Er steigt in sein Auto und fährt los, zurück nach Auendorf. An der ersten Kreuzung überfährt er beinahe die Rotphase. An der zweiten bleibt er dann bei Grün stehen. Sein Hintermann hupt ungeduldig.

»Jaaa, du Schofseggl, i wart, bis Blau kommt.«

Gedankenverstreut erreicht er sein schützendes Heim.

Irma steht am Herd, schaut zu ihm auf: »Wo kommsch her?«

»Vom Kreiterpalascht en Ditzabach.«

»Hoscht a Kreitersalb gholt fir dei Henderfront?«

»Noi, a Zugsalb fir dei frechs Maul.«

So kabbeln sie sich noch eine ganze Weile liebevoll. Sie mit Schadenfreude, er ohne, bis er dann zu der Frage kommt, deren Antwort ihn brennend interessiert.

»Du, Irma, wo isch denn eigentlich mei Sakko?«

»Den hosch doch oh.«

»Noi, der blaue, den e domols beim Breininger kauft han, der deire. I fend den nemme.«

»Was witt denn jetzt mit dem dicka Kittel mittla em Sommer?«

»Ha, so halt, weil e n nemme seh.«

»Des woisch doch, den hen mr doch en d Altkleidersammlong gspendet mit deine abgwetzte Hosa ond dene Hemmadr, wo d nemme oziagscht, weil se nemme zuaganget.«

»Ja wem denn, wohin?«

»Do naus vor d Hausdier. En so ma weißa Plaschtiksack, dia hends do abgholt.«

»I moin: Wer hot des abgholt, ond fir was?«

»Des woiß i nemme so gnau. Do isch ebbes auf dem Sack gschtanda, i glaub, so ebbes fir hongernde Kender en Afrika.«

»Awa, der Kittel basst doch koim Kend, ond scho gar koim hongricha.«

»Oh Linus.«

Wie ist sein Kittel, der für Afrika bestimmt war, auf die mitteleuropäische Spaziergängerbank in Auendorf gekommen? Ein global-logistisches Rätsel, aber zunächst ein regionales und vor allem eins für Linus Beeringer. Wer war der letzte Besitzer des blauen Kittels und wie kam er zu Selbigem?

Irma stört seine geistigen Klimmzüge: »Du hosch heit Sengstond, net dass vrgisch.«

»Hm, ja, i woiß, i richt me glei.«

* * *

Alle zwei Wochen ist Chorprobe im kleinen Saalzimmer im oberen Stock des Rathauses. Knapp ein Dutzend nicht nur sangesfreudiger Komplizen, Kameraden und Kumpane treffen sich, um einander ihre Stimmgewalt und danach ihre Trinkfestigkeit zu beweisen.

Eine solche Sinnes-, in diesem Fall Sangesgemeinschaft bildet im Schwäbischen natürlich einen Verein. Ein Verein besteht, ebenfalls im Schwäbischen, natürlich aus einem Vorstand. Einem zweiten Vorstand, einem Schriftführer, einem Kassenwart, einem Notenwart, einem Dirigenten und einem Referenten für Öffentlichkeitsarbeit. All diese verantwortungsvollen Posten bedürfen natürlich jeweils eines Stellvertreters. Reicht die Zahl der Mitglieder nicht aus, um diese Ämter zu besetzen, kann auch mal ein Einzelner eine Doppelfunktion übernehmen.

»Wer nicht liebt Wein, Weib und Gesang …« Singen dürfen sie alle noch. Das Weib ist ausgeschlossen – es ist ein Männergesangverein – und das mit dem Wein hält sich in Grenzen. Denn sie sind allesamt schon in der schonungsbedürftigen zweiten Hälfte des Lebens angekommen und singen mit Vorliebe: »Ich möchte noch mal zwanzig sein« und »Schön war die Ju-ugend, sie …« Gestandene Mannen werden herzweich und tönen und jauchzen vom »munteren Rehlein du« und vom »stillen Tal«. Machen spitze Mäuler und pressen ihr Herzeleid in den dämpfigen Sitzungsaal im Rathaus.

Ihr öffentliches Erscheinungsbild offenbart sich in der Regel bei drei Auftritten pro Jahr: dem Dorffest im Frühjahr, dem Dorffest im Herbst und Heiligabend in der Kirche. Wobei bei Letzterem ein etwas spezielleres Repertoire zum Tragen kommt. Die Ständchen, die sie sich jeweils gegenseitig zu ihren Geburtstagen bringen, zählen mehr zur Kategorie »geschlossene Gesellschaft«. Linus Beeringers Bariton wird in der Runde hoch geschätzt, weshalb er sehr darauf bedacht ist, keine Probe zu versäumen.

Wer weiß, wie viel des guten Trollingers danach heute nötig sein wird, um die strapazierten Stimmen zu regenerieren. Deshalb geht Beeringer vorsichtshalber zu Fuß zum Rathaus in der Dorfmitte. Der erste Teil der Probe läuft wie gewohnt ab, nur bei dem Stück »Ich hatt einen Kameraden, einen besseren findest du nicht« verholpert er sich gelegentlich, er ist unkonzentriert und muss ständig an seinen Kittel denken.

»… findest du nicht.«

Den Zweitbesitzer des Kittels und den Hagmeier *muss* er aber finden, unbedingt.

Das stimmgewaltige Grüppchen trifft zum weiteren, dem wichtigen Teil der Singstunde wie üblich im *Schwanen* wieder zusammen. Das Thema der heiteren Tischrunde besteht heute im Wesentlichen nur aus süffisanten Bemerkungen und Mutmaßungen zu Beeringers Pflaster und Veilchen an seiner Stirn, mitunter noch aus besorgten Fragen zum Wetterstand seines häuslichen Eheklimas. Infolgedessen ist Beeringer an diesem Abend nicht besonders gesprächig und verlässt ziemlich früh die heitere Gesellschaft.

Irma hat sich schon zur Ruhe begeben. Er betritt leise sein Haus, setzt sich in seinen Sessel, ergreift eine seiner Pfeifen und zündet sich dann doch eine Zigarette an. Die letzte für heute. Morgen fahren sie wieder nach Besigheim zu Rosalie.

# Felsengärten

Diese Woche haben Beeringers ihr Wochenende etwas vorgezogen. Sie wollen sich mit Rosalie an der Sternfahrt nach Stuttgart-Hofen beteiligen. Hofen liegt vier oder fünf Schleusen neckaraufwärts. Jedes Jahr trifft sich dort ein unternehmungslustiges Völkchen von Neckarschiffern mit ihren Booten zum gemütlichen Hafenfest.

Anderntags, als sie gegen zehn Uhr in Besigheim mit dem Auto um die Ecke in ihren Hafen biegen, empfängt sie ein illustres Aufgebot von mehreren Autos. Bunte, lebhafte Personengrüppchen und zwei Polizeidienstwagen belagern den Parkplatz. Langsam drängelt sich Beeringer in eine freie Lücke und steigt aus.

Eines der Grüppchen löst sich und stürzt auf ihn zu. »Linus, guck no mol glei nach deim Schiff«, begrüßt ihn Charly.

Charly ist der Hafenmeister.

»Worom, ischs abgsoffa?«

»Noi, aber vielleicht ausgsoffa.«

»Wia, was, was isch denn do iberhaupt los?«

»Ha, komm ond guck halt amol, ob se bei dir au …«

Langsam gibt Charly mit viel, zunächst durchaus verständlichem, aber unvollständigem Text, seinen Lagebericht: »Dia hen dren gschlofa, klaut hen se scheints nex, nex Greeßers.«

In der vergangenen Nacht waren sie, wer auch immer sie waren, von der Wasserseite her in einige der Boote im Hafen eingestiegen. Hatten wohl in den komfortabelsten der Kojen geschlafen. Hatten aus etlichen der kleinen Kühlschränke an Bord das leckerste Staugut vor dem Verfall des Haltbarkeitsdatums bewahrt und auch vor der

Bordbar nicht haltgemacht. Mit anderen Worten: Sie hatten auf eine Einladung der Bootseigner verzichtet und sich eine unvergessliche Nacht gegönnt. Kost und Logis der gehobenen Klasse zum Nulltarif. Die Beseitigung des Restmülls und der recyclebaren Rohstoffe blieb Sache der Bootseigner.

Beeringer eilt zu seinem Schiff. Geht an Bord und in die Kajüte. Auf dem kleinen Klapptisch stehen zwei angebrochene Flaschen seines geliebten Bon Monet aus dem Rhonetal.

»Des waret koine Weikenner, des isch amol sicher«, stellt er fest. Schon will er nach einer der Flaschen greifen, zieht die Hand wieder zurück. »Halt, Fengerabdrick!«

Er greift nach einer Aldi-Tüte, die Irma immer am Griff der kleinen Küchentür für Abfälle bereithält, stülpt sie über die beiden Beweisstücke, um sie unter denselben wieder zu schließen und dann umzudrehen. Nun sind sie unberührt und gesichert. Samt verbliebenem Inhalt. Unverkorkt. Die Beweisstücke entleeren sich – in die Tüte. Die Tüte entleert sich – in die Kajüte. Denn bedingt durch schlampige Arbeit in Hongkong hat eine Schweißnaht der Tüte der Belastung nicht standhalten können. In dünnem Strahl fließt der edle Bon Monet auf die exquisite Auslegeware.

Inzwischen steht Irma mit einem ihm unbekannten Herrn im Einstieg.

»So, den Se moschta? – Nägele, Inspektor Nägele, Kriminalstelle Ludwigsburg.«

»Beeringer.«

Beeringer begrüßt Nägele mit kollegialem und weinfeuchtem Handschlag. Der Bon Monet rinnt weiter.

Irma, zur Salzsäule erstarrt, fixiert die Aldi-Tüte. »*Beeringer*, bischt du denn des Wahnsinns?!«

Immer wenn Irma ihn mit dem Nachnamen anspricht, ist besondere Vorsicht geboten. Damit geht sie auf Distanz, um besser ausholen zu können.

Beeringer rechtfertigt sich: »Ich hab Beweismaterial gesichert.«

»Noi, dir isch a Sicherong naus!«

Ein Blick nach unten offenbart ihm, dass auch die tieferliegende Partie seiner weißen Seemannshose einen großen Teil des Beweismaterials abbekommen hat.

»Aber setzen Sie sich doch, Herr Nägele.«

Nägele versucht einigermaßen trockenen Fußes den angebotenen Sitzplatz zu erreichen und setzt sich.

»Herr Beeringer, i seh, Sie send jo scho mittladenna en onsere Ermittlonga. Mit an Wahrscheinlichkeit grenzender Sicherheit handelt es sich bei diesem Einbruch um einen Ausbruch.«

»Wie? Ja, so, ja, so seh ichs ... auch.«

Nägele fährt fort: »Die Spuren deuten eindeutig darauf hin, dass es sich hier um die zwei entflohenen Insassen der Haftanstalt Hohenasperg handelt, von denen Sie sicher auch schon seit gestern aus den Nachrichten wissen.«

»Jetza!«

Jetzt kann Beeringer wieder folgen.

Man hatte oberhalb des Hafens, auf Höhe der »Felsengärten«, das entwendete Beiboot seines Bootsnachbarn gefunden.

»Praktisch sitzen sie theoretisch in der Falle. Durch die beiden Schleusen ober- und unterhalb ist ihnen der Fluchtweg auf dem Wasser hermetisch abgeschnitten. Mit Ausnahme des Landweges haben sie nur wenig Möglichkeiten zu entkommen«, erklärt Nägele.

Der Fall ist offensichtlich in guten Händen und kurz vor dem Abschluss.

Nägele nestelt noch eine Visitenkarte aus der Tasche und bietet sie Beeringer an. »Wenn Sie noch irgendetwas Hinweisliches entdecken sollten, rufen Sie mich einfach an.«

Irma meldet sich: »Ja, glaubet Sie, die kommet net nomol zrick? Bei der Verpflegong?«

Nägele beruhigt sie: »Zwei unserer Beamten bleiben vor Ort und werden auch die ganze Nacht da sein. Keine Sorge. Wir kümmern uns darum.«

Nägele verabschiedet sich hektisch mit einem großen, weinüberbrückenden Schritt zur Kajütentür, und im Beering'schen Luxussalon breitet sich betretene Stille und das runde Bukett vom Bon Monet aus.

Irma hat sich inzwischen beruhigt und fragt: »Was soll e jetzt kocha? S isch scho glei zwelfe!«

»Mach, was d witt.«

»Hettsch den Wei vorher aus de Flascha gleert, hett e a guade Burgundersoß macha kenna.«

So sparsam sind schwäbische Hausfrauen.

Die Aufregung im Hafen legt sich allmählich. Vorne am Kai des Hafens sammelt sich ungezwungen das bunte Grüppchen der Schiffskameraden und vereinzelt werden schon wieder derbe Späße in die Kommentare gestreut.

Charly meint: »Wenn sich des romspricht mit der guada Versorgong bei ons, kenne mir Kreuzfahrta mit Vollpension obiata.«

Dieter ergänzt: »Jo, ond du machsch dr Wellness-Animatör fir dia Knaschtbriader.«

* * *

Die Sternfahrt nach Stuttgart-Hofen ist durch diese unerwartete Stippvisite nicht gefährdet, und eine kleine Armada von drei Schifflein legt ab in Richtung Hofen. Beeringer kontrolliert auf der ganzen Strecke aufmerksam die beiden Uferstreifen auf verdächtige Auffälligkeiten, die auf seine nächtlichen Gäste hindeuten könnten.

Am Backbord-Ufer ziehen die langen, steilen Hänge der Felsengärten zum Horizont hinauf. Darauf gedeiht der edle Tropfen Württemberger, der nur einen kleinen Makel hat: für Beeringers ist er nicht französisch genug.

Vereinzelte Angler. Eine Gruppe Paddelboote tanzen ihnen zwischen den Lichtreflexen entgegen. Gelegentlich ein großes Berufsschiff.

Sie erreichen die Schleuse in Hessigheim. Nach kurzer Wartezeit werden sie von den breiten Toren verschluckt.

# Filderkrautwickel

Wieder Samstagvormittag. Wieder Sonnenschein. Beeringers sitzen unter einem ausladenden dunkelgrünen Sonnenschirm auf der Terrasse des gepflegten Restaurants, direkt am Ufer des Max-Eyth-Sees. Drei Butterbrezeln, Filterkaffee. Irma fragt nach »Zwetschgagselz«. Tatsächlich, die nette Bedienung bringt es sofort. Das Personal scheint die gehobene Umgangssprache der Region zu beherrschen. Kürzlich, in einem weniger weltgewandten Lokal in Stuttgarts Innenstadt, erhielt Irma zur selben Frage die Antwort: »Nu, wos issn nu dos?«

Der Max-Eyth-See ist, wie man weiß, den Baden-Württemberger Hauptstädtern ihr größtes stehendes Gewässer. Man kann mühelos das gegenüberliegende Ufer ohne Sehhilfe wahrnehmen. Der See ist übersichtlich. Er liegt, nur durch einen schmalen Damm getrennt, unmittelbar am Neckar, wo Beeringers im Hafen in Hofen festgemacht haben.

Sie hatten die Nacht unter Deck in Rosalies gemütlicher Kabine wie in Morpheus' Schoß verbracht. Jetzt genießen sie ihr Frühstück und lassen den lieben Gott ungehindert seinen Job machen. Die Terrasse füllt sich langsam mit Gästen, die rechtzeitig ihren Platz für das Mittagessen sicherstellen. Es ist Samstag und das Traumwetter verspricht den Gastronomen Traumumsätze.

Unwillkürlich fällt Beeringer der überzeugende Slogan einer Fremdenverkehrswerbung ein: »Hunderttausende genießen die Einsamkeit unserer Natur.«

»Mr sieht vor lauter Leit nex meh vom See.«

Über den Köpfen der vorbeiströmenden Herde kann man gerade noch die weißen Spitzen der Segel sehen, die lautlos hin und her huschen.

Beeringer studiert die Speisekarte: »Do guck no, Mauldascha en älle Varianta. Sogar a Gedichtle vom Eugen Schramm hend se drzua neigschrieba!« Er liest vor:

»Hackfloisch, Zwiebel, Peitschastecka,
Wassergwoichte Doppelwecka,
Peterleng, Spinat ond Brät,
Älles durch da Floischwolf dreht,
Oier drieber, Salz ond Pfeffer,
Geit a Toigle, geit en Treffer,
Grad fir d Nudelböda gricht,
Ond scho kriagt die Sach a Gsicht,
Nei en d Brüah ond uffkocht gschwend!
Selber schuld, wers Maul verbrennt.

Oder do: Krautwickel, Filderkrautwickel. Schad, dass mr erscht gfrühstückt hend!«

Die kulinarischen Genüsse mischen sich in seine Gedanken mit der harmonischen Fahrt hierher und in die turbulenten Ereignisse vom Vortag in Besigheim. Ob Inspektor Nägele den beiden Freiheitsliebenden wohl noch auf den Fersen ist? Oder verschafft ihnen das dienstfreie Wochenende der Kripo noch ein weiteres Stückchen eigenbestimmtes Urlaubsgefühl?

Beeringers beschließen, zu ihrem Schiff und zu ihren Gefährten zurückzukehren, zur unweit gelegenen Anlegestelle. Sie werden mit ausgelassenem Hallo empfangen. Das Grüppchen hat sich mit Klappstühlen, Prosecco und dem festen Entschluss, lustig zu sein, am Ufersteifen, unmittelbar neben den Booten, zusammengefunden. Irma und Beeringer begeben sich widerstrebend in die Gefangenschaft der Feierwütigen. Zur Abmilderung des Schicksals holt Beeringer noch eine übrig gebliebene Flasche Bon Monet von seinem geschrumpften Vorrat aus der Bordkombüse.

* * *

Montag in Auendorf. Zurück aus Besigheim haben Beeringers wieder zu ihrem gewohnten Alltag gefunden. Beeringer denkt zurück an das wundervolle Wochenende. Vor allem aber an die Krautwickel.

»Krautwickel, Filderkrautwickel«, seufzt er halblaut vor sich hin.

»Wa sagsch?«, fragt Irma.

»Filderkrautwickel.«

»Filderkrautwickel?«

»Sott mr mol wieder macha.«

»Morga vielleicht, wenn e Kraut kriag.«

Beeringer telefoniert schon den ganzen Tag. Es gelingt ihm nicht, an die Adresse der Organisation oder Firma zu kommen, die solche allgemeinnützigen Altkleidersammlungen durchführt und der sein Kittel zum Opfer gefallen ist. Schließlich gibt er auf. Dann fällt ihm ein: Die Gemeindeverwaltung muss doch wissen ...

Wieder Frau Kieser. O Heimatland. Er beißt in den sauren Apfel, steckt sich nochmal eine Gauloise an und ruft an.

»Ja, Beeringer hier ... ja, Frau ... ja, Frau Kie... ja, Fräulein ... Lassen Sie mich doch auch einmal was ... Frau Kieser, horchen Sie mal ... Wer holt denn oder wer hat denn vor ungefähr einem Weile die Altkleiderhaussammlung hier am Ort durchgeführt? Ich kann doch annehmen, dass die bei Ihnen genehmigt werden muss? ... Aha ... Ach so ... Bernd Steiner World Care Foundation Abteilung Afrika ... Ach so ... Subunternehmer in Göppingen ... Ja, ich schreibe ... Ja, ich dank Ihne vielmals, ja, das können wir ein andermal ...« Er legt auf und atmet tief durch.

»Wie ko a Mensch nur ohne Lufthola so große Sprechbloosa uffbloosa. 07161 ... Do fahr e besser selber vorbei.«

Nach Göppingen ist es nicht allzu weit. Am anderen Ende des Dorfes liegt rechts an der Straße das einzige noch übrig gebliebene größere Anwesen bäuerlicher Art. Große Halle. Einige kleinere Anbauten, ein Wohnhaus. Kein Tier, kein Mensch zu sehen. Auch die Weiden drum herum: Kurz geschoren und bar jeden lebenden Wesens, wie ein Golfplatz an Heiligabend.

So einer liegt auch auf der anderen, der östlichen Seite des Täles auf einer weitflächigen Anhöhe, in Böhringen.

Golfplätze machen Bauern glücklich. Aber nur einmal. Wenn sie ihr Land verkaufen. Mancher, dessen Urgroßvater sich zähneknirschend so ein Äckerle erheiratet hatte, konnte von dem Verkaufserlös den dritten oder vierten Bausparvertrag gut anfüllen.

Was nicht zum Bauplatz taugt, wird Golfplatz. Golfplatz, Bauplatz, Parkplatz, Schrottplatz. Wir brauchen Plätze. Wer Plätze hat, hat ausgesorgt.

Aber Beeringer will nach Göppingen. Er kommt zur Einmündung in die L 1217. Links nach oben gehts nach Gruibingen. Rechts nach Gammelshausen, Heiningen und dann Göppingen. Kurz nach der Einmündung kommen zwei oder drei Haarnadelkurven, von denen Beeringer einmal mit der einen ein sehr intimes und eindrucksvolles Erlebnis gehabt hatte. Ein eindrückendes: Die überlangen Aufleger-Transporter brauchen in diesen engen Kehren mindestens beide Fahrbahnen. Beeringer befand sich in dem Moment, als der Transporter sie brauchte, genau im Radius derselben. Der imposante Lastenträger war erst zum Stehen gekommen, als er mit seinen drei hinteren Achsen auf dem abgeflachten Restmüll von Beeringers Motorhaube stand.

Aber Beeringer muss weiter. In Göppingen Richtung Eislingen ins Gewerbegebiet. Er findet sein Ziel relativ rasch. Ein mit Edelstahlmaschendraht eingezäuntes Gelände, teils überdacht mit Wellen-Eternit, ein kleiner postmoderner Bürobau. Berge von ehemaligen textilen Statussymbolen. Sie häufen sich, wohl nach Verwendbar- und Tauglichkeit vorsortiert in den Ecken und am Zaun entlang.

Beeringer schlängelt sich hüftschwingend im Toni-Sailer-Slalom durch das Streugut zum Eingang des Büros. Ein Blick zurück auf den Modebasar lässt ihn die Vergeblichkeit seines Vorhabens ahnen. Er betritt das Innere. Ein

Schreibtisch, gut angehäuft mit Aktenordnern, losen Blättern, ein oder zwei Computermonitore, eine Telefonanlage. Unzählige Kabel schlingen sich darunter und darüber, als wollten sie das Ganze ein bisschen zusammenhalten. Ein reichlich gefüllter Aschenbecher, darin eine einsam vor sich hinrauchende Zigarette, daneben ein abgelegter Telefonhörer. Der dazugehörende Aktivist fehlt. Eine Aktivistin, wie sich nach etwa zwei Minuten zeigt: Sie tritt aus dem Raum dahinter, greift zuerst nach der einsamen Zigarette, dann nach dem Hörer.

»Do ben e wieder. ... Also des goht en Ordnung, Se kennet sich drauf vrlassa ... Ja, ibermorga ... Bis dann.« Sie legt auf.

»So, was kann ich fir Sie dun?«

Beeringer räuspert sich: »Beeringer, Linus Beeringer mein Name. Ich ...«

Durch das lange Warten hat er etwas den Duktus zu seinem Einstieg verloren, den er sich vorher zurechtgelegt hatte.

»Ich such ein Kittel.«

Die Dame, eine gestandene, aber quirlige Endfünfzigerin, quadratisch, praktisch, frisch, dehnt ihre Lidschatten noch weiter nach oben, schiebt die violette Glossschicht ihrer Lippen nach vorn und flötet: »Soooo? En welcher Farb ond en welcher Greeße hettet Ses denn gern? Ein- oder zweireihig?«

»Sie verstehen mich falsch – Ich such einen bestimmten Kittel: Meinen Kittel, also ehemaligen Kittel ... ehemals mir gehörenden Kittel.«

»Wenn ich Sie richtig versteh, hen Sie amol en Kittel ghett.«

»Ja, ich such ein bestimmtes Kleidungsstück, das auf dem Weg von meinem Haus hierher abhandengekommen sein muss.«

»Wenn mir den Kittel bei Ihne abgholt hend, no isch er nicht abhandengekommen, sondern hier angekommen.«

»Des mag ja sein, aber jetzt isch er auf dem Fundamt in Auendorf.«

»Sooo? Ond Sia suachet en jetzt *hier*?« Die Dame zieht sich langsam hinter ihren Schreibtisch zurück, ohne ihren Besucher aus den Augen zu lassen, und mustert ihn mit Röntgenblick, um eventuelle Anzeichen für ungewöhnliche psychische Unregelmäßigkeiten bei ihm entdecken zu können.

Beeringer wehrt sich: »Ja, ich weiß, das klingt etwas kompliziert, aber ...«

»Sie sagen es!«

»Ich meine, ob Sie vielleicht eventuell auch mal das eine oder andere Stück an dritte Personen weitergeben?«

Die Dame wird noch quadratischer. Entrüstung pur zeigt sich: »Ja, glaubet Sie denn, mir hettet no nebaher en Seckend Händ Schop fir Irre? – Herr Beerheimer, Sie sottets mol em a Kaufhaus probiera, wo normale, gsonde Leit ihre Kloider kaufet.«

Beeringer muss nun einsehen, dass er keinen rechten Zugang zur kommunikativen Ebene der Dame findet, und versucht jetzt der drohenden Gefahr, in Christophsbad – also in die »Psychiatrische« – eingeliefert zu werden, aus dem Weg zu gehen.

Er setzt zum Rückzug an. »Entschuldigen Sie bitte, ich wollte Ihnen nicht zu nahe treten. Nur noch eine Frage: Könnte vielleicht einer Ihrer Fahrer eventuell eine ...«

»Mir hent koine Fahrer, des macht ein Subunternehmen fir ons, ond wenn mir Fahrer hettet, no wäred dia älle sauber!«

»Das bezweifle ich ja nicht, aber könnte ich vielleicht einen Kontakt zu der Transportfirma herstellen, die mir etwas weiterhelfen könnte? Also Sia send der Sub vom Bernd Steiner, ond der Transport ischt ein Sub von Ihne?«

Mitleidig blickt die Dame aus der Mitte ihrer hoffnungsgrünen Lidschatten. »Omständlicher ko mr zu koim Kittel komma.«

Beeringer sieht jetzt keine andere Möglichkeit mehr, den letzten Kittelbesitzer näher kennenzulernen. So diplomatisch wie möglich bringt er seinen letzten Joker ins Spiel.

»Ich ermittle im vermutlichen Interesse einer Kriminalaußenstelle in einem noch unübersichtlichen Fall und verfolge den Weg eines brisanten eventuellen Beweisstückes.«

»Ja, warom saget Se dees denn net glei? Dass e do net selber druffkomma ben, dass, wenn oiner so iberzwerch drherschwätzt, des vielleicht au a Kremenaler sei kennt. Drbei war mei Vrflossener au bei dr Polezei!«

Sie dreht sich zu ihrem Schreibtisch, tippt ein paarmal auf die Tastatur ihres Computers, das Gerät daneben spuckt ein Blatt aus, das aber auf dem überfüllten Tisch keinen Halt mehr findet, zu Boden schwebt und unten zwischen den Kabeln liegen bleibt.

Der Anblick, der sich Beeringer jetzt bietet, während die Dame versucht, das Papier vom Boden aufzuheben, entschädigt ihn für alle Mühen, die er mit ihr hatte. Schade, dass die Nähte des sehr kurzen, stramm sitzenden Futteralrocks sich den ausdehnenden Rundungen seiner Trägerin so tapfer widersetzen und standhalten. Als ihr buntes Gesicht wieder auftaucht, ist es zusätzlich mit einem sanften Rotschimmer übertönt, und mit erotisch-asthmatischer Stimme überreicht sie Beeringer den Ausdruck.

»Sodele, Herr Kommissar, des wär no die Adress von onsere Fuhrleit.«

»Haben Sie vielen Dank. Und behandeln Sie unser Gespräch bitte sehr vertraulich, es ist zunächst noch ein schwebendes Verfahren.«

»Ja, des scheint mir au so: schwebend ond verfahra.«

Beeringer verlässt die Stätte der Lumpen über Lumpen stolpernd mit einem weiteren Schriftstück. Seine Akte wächst.

Als er eine Viertelstunde später den Flur seines Heims wieder erreicht, begrüßt ihn seine Irma aus ihrem Küchenreich: »Linus, bisch dus?«

»Noi, mei Doppelgänger. Wen erwartesch denn sonscht no?«

Beeringer entledigt sich seiner Jacke, begutachtet im Garderobenspiegel seine inzwischen grünlich schimmernde Beule an der Stirn und begibt sich ins Eheleben.

»Irma, was kochscht?«

»Was sagscht?«

»Obscht kochscht?«

»Was fir a Obscht soll i denn kocha?«

»Noi, net, ob Obscht kochscht; ob kochscht?«

»Noi, heit obed gibts bloß kalt.«

»Koine Krautwickl? Filderkraut?«

»Linus, wo soll i denn mittla em Auguscht Filderkraut hernemma?«

»I han denkt, s gibt heitzudag älles en de Supermärkt. Aus Auschtralia vielleicht oder Hawaii – Fidschi-Insla.«

Irma schaut entrüstet. »Des fehlt noch: hochstemmigs, freilaufendes Filderkraut aus Ko Samui. Biologisch vredelt, mit Haltbarkeitsdatom ond BSE-Garantie.«

»Ha jo, dia fahret jo au des Überkinger Wasser nach Flensburg. ›Aus fernen Landen frisch auf den Tisch.‹«

Also nix mit Filderkrautwickel. Heute Abend gibts Gruibinger Veschperteller. Heimische Erzeugnisse aus der Region: Hausgmachter Schwartamaga, Grieba- und Leberwurscht, die der Adlerwirt in Gruibingen in unnachahmlicher Art in Dosen anbietet. Dazu Eignetzte vom Stafflenbeck und das ebenso unnachahmliche, naturtrübe Brunnenbier der kleinen, aber weit bekannten Gruibinger Brauerei. Alles Erzeugnisse, die man zu Fuß nach Auendorf transportieren kann. Aber dieses Abendmahl ist eine echte Alternative zu Krautwickeln. Mit dem Griff nach einem weiteren Naturtrüben zeigt Beeringer seine Zufriedenheit. Allein schon das Geräusch beim Öffnen des traditionsbewussten Bügelverschlusses, ähnlich dem Knall eines Sektkorkens, unterstützt die weihevoll-euphorische Hochstimmung im abendlichen Beering'schen Heim.

»Direkt von der Quelle, frisch auf den Tisch. Xondheit, Irma!« Mit erhobener Flasche prostet er Irma zu.

Die Worte Quelle und Xondheit lenken Irmas Gedanken zu der Äußerung: »Pass no uff, uff deine Bierla – mr sieht scho, wia se sich om dein Äquator rom asammlet. Mir sottet wieder zom Schwemma ens Dätzabad, dass d se wieder loswirsch.«

Ihre sporadischen Besuche des Thermalbades in Bad Ditzenbach waren in letzter Zeit etwas weniger geworden. Wahrscheinlich hatte die momentan so zügig voranschreitende Erderwärmung ihre Gedanken von den dortigen warmen Quellen abgelenkt. Linus Beeringer hat ohnehin ein etwas zwiespältiges Verhältnis zu diesem lauwarmen Vergnügen. Die übertriebene Nässe und die stundenlange Zigarettenabstinenz machen das Vergnügen eher zu einer Gefälligkeit, die er seiner Irma erweist.

Sie beschließen, den kommenden Vormittag ihrer Gesundheit zu widmen. Das heißt, Irma beschließt.

»I han dr au a neie Badhos kauft. Die alt isch dr jo scho viel z eng worda.«

Beeringer schaut etwas betreten. »Ja, die isch von dem scharfa Wasser zemlich eiganga.«

»I glaub eher, dass du von deine Bierla ond scharfe Wässerla zemlich aufganga bisch.«

Beeringer überdenkt diese Möglichkeit, schweigt aber vorsichtshalber mangels beweiskräftigen Gegenargumenten.

Er fügt sich dem Terminplan seiner Irma und anderentags besuchen sie gemeinsam wieder mal das über seine Grenzen hinaus berühmte Therma-Aquadrom im Goißadal.

# Xondheit

Das Thermalbad in Bad Ditzenbach ist kein »Erlebnisbad«, mehr schon ein »Belebnisbad«. Keine Palmen, keine Whirlpool-Spritzbrunnen, keine Rutsch- und Flutschbahnen. Die Rutsch- und Flutschgelegenheit beschränkt sich hier auf den oft seifenschaumbedeckten Boden des Durchgangs zum Duschbereich. Eben eine Gesundheits- und Erholungsstätte mit einigen unterschiedlichen Schwimmbecken und einem ruhigen Liegeraum. Letzterer ist der bevorzugte Bereich von Beeringer, wenn man von der kleinen Cafeteria im Eingangsbereich absieht.

Genau hier im Liegeraum ruht er nun an diesem herrlichen Vormittag auf einer der in akkurater Reihe ausgerichteten Liegen. Stromlinienförmiges Design, in strahlendem Weiß. Die Sonne scheint durch die gigantische Glasfassade auf zwei von Beeringers Badetüchern, die er verschämt über seinen ungewohnt bloßen Körper, ebenfalls strahlend weiß, dekoriert hat. Teils gegen die Blicke der Mitbadenden und teils zu ihrem Schutz.

Irma nützt derweil die durch den Eintrittspreis begrenzte Zeit, um an dem beliebten Wassergymnastik-Ballett mitzuwirken. Wie Figuren auf dem Schachbrett stehen die Sportwilligen bis zu ihren barocken Becken im warmen Wasser und versuchen die anmutigen Bewegungen der Vorführdame auf dem Festland zu kopieren.

Beeringer ist kein Freund dieser nassen Art gesunder Verrenkungen. Das mag größtenteils an seinem speziellen Verständnis fürs Timing liegen, denn immer wenn er die Bewegungsvorgaben der netten Animateurin an Land einigermaßen verinnerlicht hat, ist die Übung bereits vorbei. Vor allem ist seine persönliche Anatomie nicht darauf ausgerichtet, einem ein-

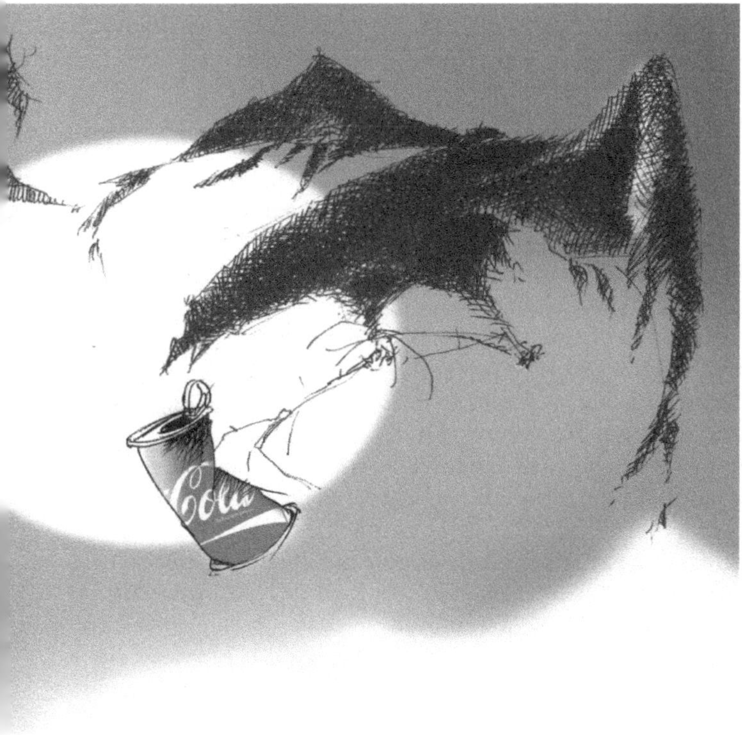
Cola

zelnen Bein sein gesamtes Gleichgewicht zu überlassen. Auch erinnert ihn das Ganze unangenehm an seinen Dienst bei der Bundeswehr, als alle zu denselben Anweisungen zur selben Zeit dieselben Bewegungen auszuführen hatten.

Nein, hier auf seiner Liege kann er völlig ungestört, selbstbestimmt und in Ruhe seinen Gedanken nachgehen – solange die Liegen in gebührendem Abstand belegt sind.

Die Liege rechts neben ihm wird von einem einsamen Handtuch bewacht, die Linke von einer stattlichen Dame bewohnt. Halbschwergewicht. Zwei Drittel davon überfüllen den nördlichen Bereich ihres blumenreichen Einteilers. Um ihre Liegestatt verteilt sich ein Großteil ihres Hausrats, den sie aus einer seesackgroßen Badetasche nach und nach um ihre Insel gruppiert hat. Die Dame ist unentwegt, emsig und eifrig dabei, den Inhalt von zwei Dosen und drei Tuben auf das nackte Terrain ihres hellrosarot schimmernden Körpers zu verteilen. Sie ist offensichtlich davon überzeugt, dass nur fünf absolut leere Behältnisse zum gewünschten Erfolg führen.

Um seinen Gedanken nun wirklich völlig ungestört, selbstbestimmt und in Ruhe nachgehen zu können, zieht Beeringer eins seiner Tücher übers Gesicht. Damit signalisiert er seinem Umfeld unmissverständlich eine kommunikationsfreie Zone.

Halblaut resümiert er vor sich hin: »Die Anonyme hab e gfonda. Den Kittel au. Sein erschta Besitzer ebafalls, des ben i. Dr Hagmeier isch vrschwonda. Er hot em Lotto gwonna. En seim Stall isch a Bluatlache. Seine Bloama send am End. Ond seine Badwanna send voll Wasser. En Besigheim hend se dr Wei ausgsoffa.«

Plötzlich erhebt sich sein Handtuch von seinem Gesicht. Beeringer blickt zu Tode erschrocken ins erstaunte Antlitz seiner Nebensitzerin.

»Isch älles en Ordnong? Kann i Ihne vielleicht irgendwie behilflich sei? – I han do no a Siebnavierzigelf, des hilft emmer.«

Der Dialog, den Beeringer gewohnheitsmäßig laut mit sich selbst geführt hat, hatte für die Dame wohl so besorgniserregend geklungen, dass sie sich zu dieser Maßnahme der ersten Hilfe gezwungen sieht.

Beeringer erhebt sich ruckartig aus der Waagrechten, zieht seine verrutschten Tücher verschämt wieder über seine Blößen und erklärt: »Nein, danke, i han bloß so a bissle vor me nodenkt.«

Die hilfreiche Dame zieht sich skeptisch wieder etwas zurück und gibt den Blick auf die Liege mit dem einsamen Handtuch frei. Da sitzt jetzt – Erbarmen! – Leonhard Benzl.

»Ja, Herr Beeringer, ja, do guck her, ja, jetz lass me no gau, dr Herr Beeringer. Des freit mi jetzt. Ich fraie mich emmer, wenn e hier en Bekannta treff.«

»Ja, ich mich normalerweise auch.«

Beeringer sucht einen Fluchtweg.

Aber Benzl fährt erbarmungslos fort: »Derf i Ihne meine Frau Gemahlin vorstella?« Er deutet zu der hilfreichen Dame.

Beeringer verneigt sich leicht im Sitzen. »Angenehm. Mir kennet ons scho – a bissle.«

Was macht denn Irma so lange? Und wo bleibt sie denn? Hilfesuchend blickt er zur Eingangstür, dann zum Notausgang.

Benzl erhebt sich, schlingt das Gürtelband um die mittlere Erhebung seines persilweißen Bademantels, kommt näher, setzt sich ihm gegenüber und streckt ihm jovial beide Hände entgegen.

»Mir habet ons ja jetzt scho a paar Dag nemme gseha, Sie hend jo a Mordsveigele an dr Stirn. Isch des beruflicher Herkunft? Oder ischs a familiäre Sach? Wie gohts au emmer? Send Se emmer no henter dem Kittel her? Mei Schwiegertochter moint, des sei bestemmt a kapitaler Kremenalfall, mit dem Hagmeier ond seim viela Lottogeld. Womeeglich mit Erpressong ond ...« Er zieht mit seinem Zeigefinger eine imaginäre Linie quer über seine Kehle.

Herrgott, wo bleibt denn Irma?

Beeringer winkt lässig ab und versucht das Thema zu wechseln.

Aber Benzl lässt nicht locker: »Hent Se scho ebbes rausgriagt? I moin: Wisset Se scho, wem der Kittel gheert?«

»Ja, in gewisser Weise schon, zumindest wem er ursprünglich gehört hat, sozusagen.«

Benzl bohrt weiter: »Ja, jetzt intressierts me halt a bissle. I hab au mol mei schees Poppelinjäckle a halbs Johr lang vrmisst, no han es en meim oigana Schrank onder ma Azug gfonda. S Haus verliert nix, aber s schwätzt au nix. – Zu was suachet Se denn den Kittel so dringend? Iberhaupt: Der isch doch auf em Fundamt em Rothaus?«

Beeringer windet sich. »Als eventuelles Beweisstück, falls sich ein stark vermuteter Verdacht erhärtet.«

Benzl schaut interessiert auf. »Aha, no habet Sie doch ebbes rausgriagt bei der Altkleider-Sammlungs-Firma in Göppinga.«

Beeringer stutzt: »Woher wisset Sie, dass ich in …?«

»Ha, d Frau Kieser vom Rothaus moint au, do kennt mr nemme viel rausfenda, nach dieser langa Zeit.«

Frau Kiesers drahtloser Nachrichtendienst von Auendorf funktioniert offensichtlich ganz hervorragend.

Beeringer erhebt sich von seiner Liegestatt, schlingt eins seiner Tücher um die Hüften, kündigt damit seine Verabschiedung an und sagt höflich: »Also dann, grüßen Sie Ihre Schwiegertochter noch recht schön von mir, wie geht es ihr denn immer?«

»Oh, derra fehlt nix. Fernseha ond Krimi lesa, wenn se ned grad putzt.«

Irma erscheint im Eingang – Gott sei Dank! – und kommt zügig auf das Grüppchen zu.

»Wo bleibsch denn, Linus? I wart scho a halbe Stond dort en dr Cafeteria auf dich!«

»Wieso? Mir hen doch gsagt, *hier*!«

»Noi, mir hen *dort* gsagt. I han dr scho a Woizabier bschtellt, dass d net so ronterkommsch. Des wird scho abgstanda sei.«

Linus strahlt. »No komm no schnell!« Zu Benzls gewandt sagt er: »Meine Empfehlung, gnädige Frau, Herr Benzl.« Er verneigt sich leicht, nur sehr leicht, wegen der Bandscheiben.

Dann schweben Beeringers von dannen in Richtung Umkleidekabinen.

* * *

»Do kann mrs aushalta.«

Beeringer hat jetzt den Pflichtteil des gesunden Vergnügens hinter sich. Hier auf der kleinen Terrasse des Cafés genießt er seine wiedergewonnene Freiheit. Gelöst schaut er den dahinschwebenden Wölkchen seiner Gauloise hinterher. Die Leistung, die er für seine Gesundheit erbracht hat, versetzt ihn in zufriedene Hochstimmung.

»Also, Irma, wie recht du hosch mit der Baderei dohanna, des duat oim scho guat. Mr fiehlt sich wie neigebora.«

»Jo, noch besser wärs, wenn d zom Bada au ens Wasser giengscht.«

Sein Weizenbierglas ist leer. Er wedelt damit nach der Bedienung. »Freilein, brenget Se mir noch ein Weizenbier, aber net so a abgstandes wie s letschte.«

Das nette Fräulein nickt nur. Nach kurzer Zeit steht das Gewünschte vor ihm.

»So, bitte, do wär a ganz Frischs. Aber des wird halt mit dr Zeit au lommelich.«

Irma erwidert mit einem Blick auf Linus, der das Glas bereits an die Lippen stemmt: »Diesmal besteht scheints keine Gefahr. Derf i glei zahla?«

»Ja, isch des net dr Beeringer?« Laut hallt diese Frage durch das kleine Lokal, als hätte der Fragesteller sie an alle Anwesenden gerichtet. In derselben allgemeinverständlichen Lautstärke fährt er fort: »Jetz leck mi am Arsch.« Wen er speziell dazu auffordert, bleibt unklar. Bis er vor Beeringers Tisch steht und ihm jovial beide Arme entgegenstreckt. »Ja, sag amol, was duasch denn du do?«

»Noch was siehts aus? Schlittschuhlaufa? I wart bloß no, bis des Schwemmbecka zuagfrora isch.«

»Ha ha. Griaß Gott, Frau Beeringer, emmer no gleich, dr Linus. Goht r Ihne net uff d Nerva, wenn r dr ganz Dag drhoim isch?«

Hermann Gruber. Der Genosse mit der kräftigen Stimme ist einer seiner Kollegen aus seiner kriminalistischen Dienstvergangenheit in Geislingen. Alles in allem ein ganz liebenswerter Kerl. Freundlich, hilfsbereit, zuvorkommend, sympathisch, langweilig, beschränkt, blöd und ein Allmachtsrendviech.

Gruber setzt sich unaufgefordert auf den noch freien Stuhl an Beeringers Bistrotischchen. Beeringers zufriedene Hochstimmung leidet geringfügig unter diesem erfreulichen Wiedersehen. Trotzdem gibt er sich umgänglich, denn Gruber leitet die Sparte Erkennung und Spurensicherung in der Geislinger Außenstelle, und das könnte von großem Nutzen sein.

Gruber quasselt ungebremst weiter: »Ja Linus, was machsch denn emmer so en deim Nescht dohenda? De Schnecka auf d Schwänz schlaga, bis se bellet? Du fehlsch ons fei scho. Die Ganova fiehret a lockers Leba, seit du nemme bei ons bisch.«

»So? No hend ihr dia zwoi vom Hohaasperg no net eigfanga?«

»Ha doch, dia send ganz von alloi ... dia sen per Ohalter ... do henta en Ulm hemmer se gschnappt ... uff ma Autobahnparkplatz ... wia uff em Tablettle ... vorgeschtern. Mir hent no d Kollega von Ludwigsburg ...«

»No frog se no mol, wia ihne mein Wai gschmeckt hot.«

»Ja leck me am ... No warsch du des, wo se dort donda am Necker ...?«

»Jo, i han sogar Fengerabdrick von älle zwoi, die kann i dir zur Auswertong geba, wenn se mei Frau net entsorgt hot.«

Irma wirft ein: »Erinner mi net an die Kommede, s Schiff stenkt emmer no wia a Moschtfass.«

Das inhaltsschwere Fachgespräch zieht sich noch ein, zwei Weizenbiere lang in den Nachmittag, abgerundet mit einem spendierten Obstler, den Gruber angesichts dieses überraschenden Zusammentreffens zweier so enger Freunde für unerlässlich hält.

Schließlich erhebt sich Beeringer mit flotter, aber etwas misslungener Gewandtheit und reicht gönnerhaft Irma seine Autoschlüssel.

»Irma, du sottsch au amol wieder fahra, sonscht vrliersch ganz dei Fahrpraxis. – Hermann, mir missat los.«

Die Fahrt zurück nach Hause ist für Beeringer etwas ungewohnt. Er sitzt rechts im Wagen. Irmas Fahrweise scheint ihm etwas korrekturbedürftig, deshalb unterstützt er sie mit wertvollen, hilfreichen und reichlichen Anweisungen und Ratschlägen.

Bis Irma entschieden sagt: »Du fahrsch mit *deim* Führerschei – ond i mit *meim*!«

# Feuerholz

Am Spätnachmittag, als die brütende Hitze und die stechende Sonne etwas erträglicher werden, lenkt Beeringer seinen von Irma verordneten Spaziergang noch einmal zu dem Anwesen des abgängigen Junggesellen Erwin Hagmeier. Der Zustand der Hütte am Haus bedarf einer weiteren, genaueren Inspektion, denn die rätselhaften Blutspuren darin sind ganz sicher ein … wenn nicht sogar noch mehr! Als er am Vorgarten der Benzls vorbeikommt, winkt Benzl Senior mit erhobener blitzblanken Heckenschere erfreut aus dem hinteren Teil des Gartens herüber.

Beeringer beschleunigt seinen Schritt und entrinnt so der Gefahr. Bei Hagmeier hier oben scheint alles noch so, wie es beim ersten Besuch war. Allerdings liegt der Schuhabstreifer an der Haustür jetzt korrekt auf seinem Platz. Der Schlüssel der Tür zur Hütte steckt aber noch. Auch drinnen scheint alles unverändert. Beeringer tastet nun mit seinem geradezu fotografischen Blick Wände, Boden und Decke ab. Er wagt sich zögernd an Gegenstände und öffnet Behältnisse. Schrauben, eine Dose mit krummen, rostigen Nägeln.

»Die ko mr wieder gradglopfa.«

Ein Gurkenglas voller Dübel unterschiedlicher Sorten und Größen. Lidl- und Alditüten, die wer weiß was enthalten. Er öffnet eine der Schubladen der alten Kommode. Schraubenschlüssel und Zangen, zwei Teppichmesser mit abgebrochenen Klingen. Die Schublade daneben, vollgestopft mit Mengen gebrauchten Schmirgelpapiers, Putzlappen und Lumpen.

Mit spitzen Fingern durchwühlt er den Fundus und zieht dann behutsam ein kariertes Taschentuch hervor.

Durch die schwarzen Ölreste und viel dunkelrot eingetrocknete Farbe kann man kaum noch die blauen Karos erkennen.

»Des isch Roschtschutzfarb – oder Bluat.«

Das gilt es herauszufinden. Beeringer knüllt das Tuch sorgfältig zusammen und stopft es in die Innentasche seines Jacketts.

»Des isch doch …«

Hinter sich vernimmt er ein Geräusch. Kaum wahrnehmbar. Bevor er sich umdrehen kann, trifft ihn ein ungeheuerer heller Blitz, der explodiert mit einer Unzahl unregelmäßiger Zacken in Multicolor in seinem Kopf und verebbt dann langsam in einem Quirl von undefinierbarem Kunterbunt. Dann wirds zappaduschter, vollkommen donkel halt, und dann nichts mehr – gar nichts.

* * *

Beim Wiedererwachen stören unzählige, wirr kreisende Sternchen seinen Blick zur Decke. Sein Kopf fühlt sich an wie zwei. Nur langsam findet er sich, sein Bewusstsein und seinen Hut wieder. Der liegt neben ihm in Gesellschaft eines ellenlangen Holzscheits. Auf dem Rücken ausgestreckt wartet er benommen und geduldig, bis sich seine Umgebung wieder zu einem einigermaßen brauchbaren Bild zusammenfindet.

Aha, der Innenteil von Hagmeiers Hütte, im Querformat. Er erinnert sich wieder, dreht sich in Zeitlupe sachte auf die Knie, zieht sich an der noch geöffneten Schublade wieder einigermaßen in die Senkrechte und stützt sich auf die Kommode.

»Was war jetz dees?«

Beeringer schaut in die verschwommene Runde. Zur Tür. Die ist jetzt zu. Das war vorher nicht so. Er wankt hinüber, stolpert dabei über das ellenlange Holzscheit und versucht die Tür zu öffnen.

Verschlossen.

Er greift sich an den Kopf. »Auu!«

Eine weitere Beule ist zu der von letzter Woche hinzugekommen, diesmal etwas weiter hinten, am empfindlichen oberen Ende. Auch dieses Mal hat sein Hut für mildernde Umstände gesorgt.

»Do kommt was zamma.«

Er rüttelt noch einmal an der verschlossenen Tür – vergeblich. Jetzt hat er ein Problem. Eine Situation, die es zu überdenken gilt. Er hebt gaaaanz langsam seinen Hut vom Boden auf, dann das ellenlange Holz, die Ursache seiner schwindelerregenden Kopfschmerzen, die Tatwaffe.

»Des isch ois von dene Holzscheidla do draußa.«

Seine Gefangenschaft lässt ihn an das herbe Schicksal der beiden Knastbrüder vom Hohenasperg denken.

Er könnte, wenn der Schlüssel außen noch steckt, die kleine Glasscheibe der Tür einschlagen. Aber das würde Spuren hinterlassen. Er könnte Irma anrufen. Aber das würde auch Spuren hinterlassen. Seelische.

Beeringer prüft das Türschloss. Die schwäbische Sparsamkeit von Hagmeier erweist sich in diesem Fall als sehr nützlich. Bei dem Schloss handelt es sich glücklicherweise um eine einfache, billige Ausführung, nicht um ein so teueres Zylinder-Sicherheitsding, wie es die Kollegen von der Sicherheitsberatung immer empfehlen. Der Schlüssel steckt. Dummerweise auf der äußerst wenig günstigen, im Moment nicht zugänglichen Außenseite.

Jetzt ist Beeringers Findigkeit und sein handwerkliches Geschick gefragt. Zur Belüftung und als Ein- und Ausgang für Hagmeiers Mäuse, Eidechsen und ähnliche possierliche Mitbewohner hat die Tür an ihrer Unterseite einen schmalen Abstand zum Boden. Da unten durch schiebt Beeringer jetzt eine Lidl-Einkaufstüte flach so weit wie möglich nach draußen. Es klappt. Der zweite Teil ist genauso einfach. Es muss ihm gelingen, den Schlüssel durch Drehen und Rütteln aus seiner Behausung ins Freie zu bewegen.

Es gelingt. Und jetzt kommt der spannende Teil: Sehr behutsam und mit viel Gefühl zieht Beeringer die Mehrzwecktüte wieder zu sich herein. Nun wird sich zeigen, ob das begehrte Objekt darauf gelandet ist …

Es ist. Beeringer bückt sich und … auf halber Höhe versagen schmerzhaft seine Bandscheiben die reibungslose Mitarbeit.

Hexenschuss!

Er geht in die Knie und erreicht so doch noch den »Sesam öffne dich«, den Schlüssel zur Freiheit. Das vermag nur übermenschliche Energie, ungebrochener Wille – und brillante Intelligenz.

Er räumt sogar noch die Hilfsmittel seiner Befreiungsaktion einigermaßen beiseite, klemmt sich das ellenlange Holzscheit an die Innenseite seines Jacketts wie ein Wilddieb die Flinte unter den Arm, schließt die Tür wieder sorgfältig von außen ab – Ordnung muss sein – und quält sich mit kleinen behutsamen Schritten bis zur Zufahrt. Dort holt er die Tatwaffe wieder hervor und benützt sie als Gehhilfe.

Er ruft Irma an, die soll ihn abholen. Erst als er dann schon nahezu daheim ist, kommt ihm sein Audi entgegen. Das qualvolle Einsteigen erspart er sich und humpelt vollends zu Fuß zum Haus.

Die beiden Gummiwärmeflaschen im Rücken, Irmas gesamter Bestand an Sofakissen und die flauschige Reisedecke heben Beeringers Lebenswillen wieder auf ein erträgliches Niveau. Die Rauchkringel seiner geliebten Gauloises schweben dichtgewebt über der Lagerstatt des Invaliden.

Irma hat einen fachgerechten Verband mit weichen Kompressen um den Kopf des Geschundenen dekoriert und steht jetzt wie der Erzengel Gabriel mit dem Holzscheit vor ihm. Er murmelt vorsichtig: »Was willsch denn mit dem Briegl? Der ischt ein Indiz.«

»Noi, der isch ein Scheit guats trockes Feuerholz, i will bloß mol gucka, obs dem was do hot.«

Die empfindlichen Stellen, an denen er von selbigem Feuerholz getroffen worden war, hindern ihn daran, seinen Kopf, der in einem besonders weichen Kissen lagert, Irma zuzuwenden. Deshalb dreht er nur die Augen.

»Den brauch i noh fir ebbes.«

Irma wendet sich um, überlegt und wendet nochmal. »Was denksch, wer dees wohl war, wo dir des an Meggl ghaua hot, ond gleich zwoimol, ond warom?«

»Wia, zwoimol?«

»Ha, du hosch doch zwoi Burra am Kopf.«

Dann muss der Täter wohl zweimal kräftig zugeschlagen haben.

»Irma, i denk scho a Weile, aber s goht em Moment langsam.«

»Des muaß mr doch azeiga, des isch doch Körperverletzong oder no meh. Wenns au bloß am Kopf isch.«

Nein, das wird er nicht anzeigen, vorerst nicht. Linus Beeringer wird es selbst herausfinden.

Er denkt weiter: Viel weiter. Wer war das? Wer kann ein Interesse daran oder was dagegen haben, dass er, Beeringer, sich für Hagmeier interessiert? Doch nur Hagmeier selbst oder der, der ihn beiseitegeschafft hat. Nur der hat etwas zu verbergen, für das es sich lohnt, ihn, Beeringer, mit solch schmerzhaft gewalttätigen Mitteln um die Ecke zu bringen. Wer und warum?

Um das herauszufinden, gibt es nur eine Möglichkeit: Er muss Hagmeier finden, tot oder lebendig. Oder/und seinen Mörder.

Aus spürbarem Grund ist der aktive Teil von Beeringers Detektivarbeit momentan stark eingeschränkt. Er muss abwarten, bis die beiden Wärmeflaschen und Irmas Pflegekunst ihre Wirkung zeigen.

* * *

Zarte Wolkenstreifen beziehen gnädig den frühen Morgenhimmel über dem Goißadal. Endlich. Nach dieser sich aus dem Süden verirrten Heißluftfront eine wahre Erlösung. Die unerträglichen Hundstage haben ein Ende. Hoffentlich.

Die vergangene Nacht war kurz gewesen. Beeringer war ständig damit beschäftigt gewesen, eine einigermaßen schmerzfreie Liegezone für seine rückwärtige mittlere Partie zu finden. Der stetige Seitenwechsel, stark behindert durch die Empfindsamkeit seines Hauptes, hatte ihm wenig Zeit zum Schlafen gelassen.

Irma bringt ihm sein gewohntes Frühstück ans eheliche Bett. Heute Laugenweckle statt Brezeln. Beeringer begibt sich vorsichtig, sehr vorsichtig, im Bett in Sitzstellung. Allein der Anblick des Frühstückstabletts lindert seine Qualen und den Zustand seines Leidens ganz erheblich.

»Hosch koine Brezga heit, Irma?«

»Noi, dr Schulzabeck hot heit koi Zeit ghet zum Brezlazwirbla. Der hot en Großauftrag mit gnetzte Briegl, fir die Feierwehr-Hocketse en Gosbach dieba.«

Der Schulzabeck, der Bäckermeister Emil Schulz, ist der besagte Wirt vom Gasthaus *Zum Schwanen*. Seine Erzeugnisse sind im großen Umkreis über Gebühr bekannt und begehrt. Täglich drängeln sich Scharen von Frühstücks-Gourmets aus der ganzen Umgegend zu seinen kurzlebigen Kunstwerken, um sie ihm von der Theke zu reißen. Aber nicht nur Brot, Brezeln und Brötchen, nein, auch Kuchen und Torten und Windbeutel und Plunder und was alles. Emil, der Drei-Sterne-Bäcker vom Goißadal, hat ein breites Angebot und ein noch breiteres persönliches Erscheinungsbild. Die Genuss- und Nährwerteigenschaften seiner Torten und Kuchen zeigen überzeugend an ihm selbst ihre gewichtige Wirkung.

Die einzige der Gebäckvarianten, die in Emil Schulzes endlosem Repertoire fehlt, sind Croissants. Eigentlich nur eine Formsache. Denn er möchte, dass die halbmondförmigen Symbole das osmanische Reich nicht noch näher brin-

gen. Es genügt ihm völlig, wenn ihm die sympathischen türkischen Fremdmitbürger seine übrige Ware in rauen Mengen abkaufen.

Auffällig für die Gegend des oberen Filstals ist auch der offensichtliche Hang zum Vegetarischen. Die kulinarische Kombination Gasthaus/Bäckerei ist wesentlich ausgeprägter als Gasthaus/Metzgerei anderswo. Das bisschen Fleisch, das früher auf dem schmalen Tisch der Filstalbäuerlein stand, kam aus dem eigenen Stall. Dem Geißenstall. Eventuell waren es noch Hühner und Hasen. Um diese Tierchen in Nahrung umzuwandeln, bedurfte es keines professionellen Metzgers, das geschah in Heimarbeit.

Beeringer ist auch mit Laugenweckla zufrieden, und auch mit dem Verhalten seiner Bandscheibe. Lediglich sein Hinterkopf verweigert noch ein wenig den Dienst nach Vorschrift.

»Do hett woiß Gott was passiera kenna, wenn e mein Huat net aufghet hett.«

# Heimsuchung

»Ja, leck me doch am … Linus, was hosch denn mit deim Kopf gmacht? Isch dei Irma tätlich worda?«

»Noi, do war a Dachplatt locker«, lügt Beeringer.

»Bei dir isch doch öfter oina locker.«

»Dir helf e glei.«

Hermann Gruber, der Erkennungs-Heini von der Kriminal-Außenstelle in Geislingen, kann sein tiefstes Mitgefühl nicht verbergen. Beeringer hat sich weit erniedrigt und sich entschlossen, fachmännischen Rat und Unterstützung bei ihm zu holen.

Die beiden sitzen sich an Grubers Schreibtisch gegenüber und Beeringer versucht ihn zu einer Gefälligkeit zu überreden. Die Rückstände in dem Tuch, dem Lumpen, den er in Hagmeiers Hütte mit viel Aufwand und Schmerzen erbeutet hat, sollen sichere Fakten zu seinem Fall erbringen. Der Vorgang und das Ergebnis soll natürlich nur ein rein freundschaftlicher Dienst sein und unter ihren vier Händen bleiben.

Gruber nimmt den Fetzen mit breitem Grinsen und einem fachmännischem Blick darauf entgegen. Nach zwei Sekunden entscheidet er: »Hano, des isch Eel, Bluat ond Rotz.«

Beeringer genügt diese Expertise noch nicht ganz. »Ond, was moinsch, was isch des fir a Blutgruppe? S wär mr scho wichtig.«

»Des muaß e em Labor rausfenda. Brauchsch von dem Eel au s Rezept ond vom Rotz?«

Etwas betreten lächelnd pariert Beeringer diese Spitze nur noch mit dem bescheidenen Wunsch: »Noi, die Zutata vom Bluat dädet mir genüga.«

Mit ein paar unerlässlichen Frotzeleien Beeringers Kopfschmuck betreffend und der Zusage einer raschen Erledigung, gehen die beiden Blutsbrüder auseinander.

Als Gruber wieder allein ist, denkt er: »Ein liaber Kerle, dr Linus, aber ein Allmachtsrendviech.«

Und Beeringer denkt: »Dr Grubers Herme, ein Allmachtsrendviech, aber ein liaber Kerle.«

Der Besuch in Geislingen wird ihn, wenn er denn erst mal das Ergebnis hat, einen großen Schritt weiterbringen. Blut! Es ist also Blut, seine Intuition hat ihn nicht betrogen. Der Holzschläger muss demnach einen tieferen Grund und ein starkes Interesse daran gehabt haben, ihn, Beeringer, aus dem Weg zu räumen.

»Der hot Dreck am Stecka.«

Er muss jetzt auf der Hut sein – sein Hut! Er greift nach oben. Nein, er hat ihn nicht vergessen. Er sitzt korrekt auf seinem Kopf und tarnt den aparten Turban, den ihm Irma kreiert hat. Morgen wird er ihn durch ein weniger auffälliges Pflaster ersetzen.

* * *

»Dei Irma fiehrt aber a handfeschts Regiment.« Erich Stoll deutet auf Beeringers adretten Kopfschmuck. »Stoht dr guat.«

»Sempl, des war a Holzscheitle, wo du et gscheit naufbeigt hosch, danna an meim Haus.«

Die beiden sitzen auf einem der Auendorfer Traktoren, der ausnahmsweise nicht samstags, sondern jetzt dringend gebraucht und genutzt wird.

Stoll ist einer von Beeringers Sangesbrüdern, und er liefert ihm bei Bedarf sein Kaminholz fix und fertig frei Haus. Der Erich besitzt einige Waldstückchen, verstreut in der Gemarkung, und kümmert sich auch um die Pflege anderer. Daraus ergibt sich ein erkleckliches Kontingent an Brennholz, das er ziemlich gewinnbringend an Bedürftige verteilt, mit ebendiesem Traktor, auf dem sie sitzen. Stoll, bequem in seinem mit Schaffellen belegten Schwingsitz, Beeringer quer daneben, weniger komfortabel, auf dem großen Kotflügel. Der praktische Überrollbügel bietet ihm aber die nötige Sicherheit und verschiedene Möglichkeiten, die fehlende Federung zu ersetzen, um seine Bandscheiben vor den Widrigkeiten der zahlreichen Schlaglöcher zu schützen.Wenn er sich mit beiden Händen an dem Bügel festhält, sich etwas hochzieht, sodass sich zwischen seiner Sitzpartie und der Sitzfläche ein leichter Abstand ergibt, kann er die katapultartige Wirkung der naturbelassenen Wege etwas mildern. Diese Sitzposition erfordert allerdings Kondition, entsprechende Ausdauer und stabile Seetüchtigkeit.

Die vergnügliche Ausfahrt ins Grüne hat einen bewegenden Hintergrund. Beeringer hatte am Nachmittag, nachdem er Gruber verlassen hatte, beschlossen, draußen in der freien Natur seinen Gedanken feien Lauf zu lassen und ungestört in tiefere Sphären seines Problems mit der Kittel- und Tätersuche zu steigen. Er war sich sicher, dass die frische Luft und der zarte Wolkenhimmel das ihre zu einem intensiven Brainstorming beitragen konnten. Zudem war er schon lange nicht mehr hier oben auf der Hochfläche, auf den sonnenbeschienenen Wegen, die sich idyllisch durch Wiesen und Laubwälder schlängeln, gewandert. Was ihn in letzter Zeit allerdings davon abgehalten hatte, war das lästige Wandern gewesen. Deshalb hatte er sich entschlossen, mit dem Auto zu wandern. Trotz eingeschränkter Befahrerlaubnis und Befahrbarkeit der Wege, die sich auch prompt bemerkbar gemacht hatten. Der Weg war zunehmend abenteuerlich geworden. Er hatte wenden müssen. Dann hatte er wenden wollen. Aber nachdem er mit dem hinteren linken Rad in dem zu tief und zu breit geratenen verdammten Abflussgraben gestanden war, hatte er festgestellt, dass die Wege hier oben relativ wendeunfreundlich angelegt waren. Eins der vier Räder drehte sich im Freien. Ein einziges. Aber dieses eine hatte genügt, um die so lange aufgeschobene, erholsame Wanderschaft anzutreten – zu Fuß.

»I kennt da Erich arufa. Aber wia soll der do herfenda, wo e selber net woiß, wo i bee. Ond sei Nommer han e au net.«

Also: Schritt für Schritt.

Kaum mehr als ein Stündchen später lässt Erich seinen Traktor an und Beeringer kann seinen luftigen Ausflug noch einmal in vollen Zügen genießen.

Als sie oben das letzte Waldstück passieren, sehen sie nicht weit entfernt Beeringers Fahrzeug einsam in der Landschaft stehen. Dahinter ein weiteres, ein Off-Roader. Ein speziell für unsere Breitengrade konzipiertes, praktisches Transportmittel. Mit dicken, chromglänzenden Kuhfängern – unerlässlich, falls einmal eine wildgewordene Büffelherde den Fahrweg kreuzen sollte – und mit ebenfalls chromglänzenden, ofenrohrdicken Rauchabzügen. Ein Fahrzeug, das vorzugsweise von sehr verantwortungs- und sicherheitsbewussten Vätern für ihre Familien angeschafft wird, um der Mutter der Kinder zu ermöglichen, ihren Nachwuchs sicher vom Kindergarten nach Hause zu bringen. Vereinzelt wird es auch, dann in militärischem Grün, von Jägern benutzt.

»Desch dr Willy. Des wird gaudig!« Stoll kann seine Freude nicht verbergen.

Willy, das ist Wilhelm Holzwart, Vorstand vom Jagdverband und selbsterkorener Feldschütz mit der vermeintlichen Hoheit über Feld, Wald und alles, was zwischen Himmel und Erde vom lieben Gott erschaffen wurde. Holzwart und Beeringer kennen sich schon sehr lange, und genauso lange sind sie auch unterschiedlicher Meinung. Gelegentlich ändert Beeringer kurzfristig seine Meinung, um nicht derselben wie Holzwart zu sein.

Mit anderen Worten: Sie mögen sich sehr.

An dem Flurhindernis angekommen, steigt Beerinnger umständlich herab auf die Ebene, auf der Holzwart bedeutungsvollen Schritts das Corpus Delicti umkreist. Die Befürchtung, ihre Autorität einzubüßen, lässt sie beide auf eine freundliche Begrüßung verzichten.

»Parken Sie emmer so platzsparend?« Auch Holzwart bemüht sich, imageaufwertendes Hochdeutsch zu sprechen.

»Ja, vor allem, weil ich weiß, dass do oben die Rindviecher den Platz brauchen.« Beeringer freut sich über seine treffend platzierte Antwort.

»Hier oben ist die Durchfahrt für nicht landwirtschaftlich genutzte Fahrzeuge verboten und deshalb strafbar«, retourniert Holzwart.

»Sie sagen es, Sie sagen es. Wegen dem hab ich ja den Traktor hier.«

»Aber …« Holzwart denkt nach. »Aber Sie sind doch mit Ihrem Auto hier hochgefahren!«

Beeringer pariert: »Diese Möglichkeit kommt in Betracht, ist aber nicht erwiesen.«

Holzwart merkt, dass er im juristischen Teil des Duells etwas ins Hintertreffen gerät, und um noch einen Rest seiner Würde zu retten, versucht er es mit einer großmütigen Begnadigung.

»Man könnte es ja mit einer Verwarnung bewenden lassen und ausnahmsweise von einer Strafe absehen, aber dass mir das nicht noch mal vorkommt. Sie verscheuchen ja das ganze Wild hier oben!«

Beeringer fühlt leichten Ärger in sich aufsteigen und verfällt ins Schwäbische: »Noi, do ko i Sie beruhigen. Grad vorhin isch mr en hochbetagter Zwölfender begegnet. Der hot me uff de Knui anbettelt, i soll ihn doch iberfahra. Er will net an Altersschwäche sterba, weil dia Jäger dädet seit Johr ond Dag emmer vorbeischiaßa. Er häb koi Chance. I han en no gschtreichelt ond gsait: ›Wart halt no a Weile, bis dr Holzwart kommt, der schwätzt de tot.‹«

Stoll fällt vor unterdrücktem Lachen die Kette, die er gerade an Beeringers Audi A4 anbringen will, aus den Händen.

Holzwart stakst wütend zu seinem Wagen. »Do gucket her, was i do älles fir en Dreck aus dr Landschaft klauba muaß!« Er öffnet die hintere Tür zur Ladefläche und deutet auf diverse Plastiksäcke voller Unrat. Zwei blaue und ein weißer.

Beeringer tritt näher. Interessiert betastet er den weißen. Etwas verwittert, mit roter Schrift, noch einigermaßen lesbar. Er entziffert: B RND ST IN R. Dann zieht er den Sack zu sich und öffnet ihn. Lauter alte Bekannte werden sichtbar. Hemden und Hosen, die einmal ihm gehört hatten, soweit er sich erinnern kann! »Dia hett mr doch no guat braucha kenna!«, denkt Beeringer.

»Herr Holzwart, darf ich Ihnen, zum Dank für Ihre Nachsicht, beim Abtransport dieser Wertstoffe helfen?«

Holzwart ist irritiert. »Ja nun … Ja wenn Sie meinen, bitte.«

Beeringer schnappt sich den weißen Sack und verstaut ihn in seinem Wagen. Stoll hat inzwischen die Kette an Beeringers Fahrzeug angebracht und schwingt sich auf den Traktor.

»Linus, hock de nei ond mach d Handbrems los.«

Zwei Minuten später steht Beeringer mit seinem wieder fahrbereiten Wagen auf dem Weg hinter Holzwarts Off-Roader. Die Obrigkeit über Wald und Feld sitzt darin und startet – versucht zu starten – versucht es noch einmal. Er springt nicht an, der Off-Roader.

Stoll schaut erst zu Holzwart, dann zu Beeringer.

Der nickt kurz.

Stoll nickt ebenfalls und holt schweigend seine Kette noch einmal aus der Kiste am Traktor.

»Zwoiter Gang und Zendong eischalta.«

Ein paar Meter schleppen genügen und der Off-Roader erwacht unter Ausstoß einer imposanten, dem Ozonloch enorm zuträglichen schwarzen Rauchwolke wieder zum Leben.

»Der war bloß versoffa«, kommentiert Stoll.

»Do muaß e allerhand Gauloises raucha, bis e so a schees Welkle nobreng.« Beeringer wedelt sich demonstrativ den Dunst vom Gesicht.

Wie eine Prozession an Fronleichnam zuckelt der Konvoi friedvoll auf der Hochfläche zwischen den Wiesen der tief stehenden Sonne entgegen, hinunter ins Dörfchen.

Beeringer ist wieder zu Hause angekommen. Er lässt den erbeuteten Kleidersack im Auto liegen und betritt sein beschützendes Kastell.

Irma empfängt ihn: »Ja, liebe Zeit, Linus, wo bisch denn so lang gwää, i han scho denkt, sei wieder ebbes bassiert.«

Beeringer greift behutsam an seinen Hinterkopf, dann an die Stirn. »I wießt net, wos no Platz hett fir no mai Burra.«

Irma bringt vorsichtig zwischen zwei Topflappen geklemmt eine Schüssel herein und stellt sie auf den Esstisch. Geschmelzte Maultaschen.

»Vor zwoi Stond wäret se bessr gwäsa.«

Beeringers schmerzgeprägtes Gesicht heitert sich spontan auf. Maultaschen, egal in welcher Machart und Variante, lassen sein Stimmungsbarometer immer nach oben ausschlagen. Seine Seele ist wieder im Gleichgewicht.

Nicht so seine geschundenen Füße, die schmälern sein Wohlbefinden denn doch etwas.

Bevor er Platz nimmt, humpelt er zum Putzschrank in der Küche und kommt mit einem Plastikeimer wieder an den Tisch. Irma mustert ihn etwas erstaunt, nein, sehr erstaunt von oben bis unten.

»Willsch jetzt d Mauldascha scho oimerweis essa?«

Nein, das will er nicht. Er will lediglich seinen beanspruchten Füßen mittels Fußbad ein wenig Erleichterung verschaffen. Er will ihnen, und damit sich, schon während des Essens nicht nur kulinarische, sondern auch medizinische Annehmlichkeiten bieten. Aber Irma hat für solche und ähnliche Notfälle dank Sankt Nepomuk in Ditzenbach immer etwas Passendes in ihrer Pflegestation und Hausapotheke.

»Lass deine Socka a, i reib dr nochher deine Plattfiaß mit Calendula ei, des hilft emmer.«

Auch gut. Irmas häusliches Lazarett ist gut ausgerüstet und wird voll ausgelastet.

Beeringer bringt den Eimer wieder an seinen Platz und das Maultaschen-Diner mit großem Appetit und noch grösseren Portionen in Gang. Irma hört ihm während des Essens aufmerksam bei der Schilderung der ereignisreichen Bergungsaktion zu. Bis er zu dem Kleidersack kommt, den er dem Holzwart so raffiniert abgerungen hat und dessen Nutzen und folglicher Verwendungszweck ihr noch einigermaßen unklar bleibt. Beeringer wird ihr klarmachen, demonstrativ, dass es sich hier um noch brauchbare, ja geradezu ladenneue, einwandfreie Kleidung handelt. Es gilt, ihr das augenscheinlich und überzeugend zu beweisen.

Er geht zum Auto, bringt den Beutel mit den guten Stücken, entleert ihn auf dem Wohnzimmerboden und beginnt mit seiner Demo-Modenschau. Das Ergebnis kann sich sehen lassen. Beeringer gelingt es, die fast ladenneuen Hosen sogar bis auf Hüfthöhe emporzuziehen. Höher wollen sie nicht. Verwundert schaut er auf die ehemals so eleganten Beinkleider hinab. Bis auf ein paar unwesentliche Kleinigkeiten ist eigentlich nicht viel daran auszusetzen: Die Stockflecken und das bisschen Schimmel müssten natürlich entfernt werden. Ordentlich gebügelt und im Bund eine Idee erweitert – so um 20 bis 30 Zentimeter – und alles wäre bestens.

Wenn Irma nicht wäre. Sie schaut mit verschränkten Armen eine Weile auf ihren verkleideten Linus, entfernt sich schweigend und erscheint mit dem abgehängten Spiegel aus der Garderobe wieder. Beeringer schaut in denselben.

Wortlos lässt er seine Hosen wieder herunter. Irma hebt, ebenfalls wortlos, den ganzen Plunder vom Boden auf und trägt ihn hinaus zum Mülleimer. Als sie wieder erscheint, steht Beeringer immer noch da, in seinen praktischen, bequemen Unterhosen. Schweigend und nachdenklich.

»So des Problem wär glöst. Hosch sonscht no ois?«

Ja, er hat sogar noch mehrere: Wer klaut so einen Spendensack von seinem, Beeringers, Hof und deponiert ihn dann als wilden Müll im Wald? Und warum? Warum entnimmt er vorher den Kittel und lässt ihn dann auf der Bank am Galgenberg zurück? Wo steckt Hagmeier, der nicht zu finden ist, den aber auch niemand vermisst außer Frau Benzl Junior? Und vor allem: Wer trachtet ihm, Beeringer, nach dem Leben, weil er sich für diese Fragen interessiert?

Der Einzige, der ihn gesehen hatte, als er zum Haus von Hagmeier gegangen war, war doch Leonhard Benzl. Kann der etwas zu verbergen haben? Der interessiert sich verdächtig auffällig für seine Kittelsuche. Und was bedeutet das ganze Blut um Hagmeier herum? Morgen muss er sich unbedingt bei Gruber erkundigen, um welche Blutgruppe es sich handelt.

* * *

Anderntags ist Beeringer wieder bei Benzl. Wieder stehen sie am Gartentor. Benzl kommt auch gleich nochmal auf den Kittel zu sprechen.

»... ond saget Se, Herr Beeringer, wia ischt denn des juristisch mit so einem Spendensack, den mr vor Ihra Hausdier entwendet hot. Isch des denn ein Diebstahl, oder wia?«

Beeringer stutzt. Der Einzige, der weiß, dass der Kittel ehemals ihm gehört hat, ist Hebsacker, sein Schwager, und allenfalls die Dame in Göppingen.

Prüfend schaut er Benzl ins Gesicht und erwidert: »Ich glaube, das ist mehr ein Kavaliersdelikt.«

»Ha ja, des ischt ja auch sozusaga ein an die Öffentlichkeit freigegebenes Allgemeingut, mehr oder weniger.«

Beeringer kann es sich nicht verkneifen: »Ja, da misset Sie keine Angscht haben.« Und stellt gleich die nächste Frage: »Sagen Sie, haben Sie an dem Tag, als ich hier zum Haus vom Hagmeier heraufgegangen bin – Sie haben mich ja gesehen –, haben Sie da nach mir noch ebber vorbeigehen sehen?«

Aus seiner leichten Verlegenheit erlöst antwortet Benzl nach kurzem Nachdenken: »Noi, aber i war auch grad fertig mit Heckaschneida ond bin dann nei ens Haus. Später hab i no a Auto nauf ond wieder ronterfahra ghört. Ond vorher no des Moped vom Meiers Guscht, der wo do oba am Rand sein Schofstall hot. Der fährt äll Obed nuff.«

Ja richtig, der Gustav Meier. Der hat dort oben eine kleine Herde. Herde ist etwas übertrieben, eben ein Häuflein Ziegen und Schafe.

Viele der ehemaligen Kleinbauern hier in der Gegend bewahren sich aus alter Gewohnheit oder Tradition und Heimatgefühl noch einen Rest an Bodenhaftung. Um den bäuerlichen Status nicht einfach nur schnöde und herzlos zu verstoßen, beweisen sie auf diese Weise noch den Respekt vor ihrer Scholle. Eine lobenswerte Eigenheit, denn so wird diese heimelige Landschaft nicht gänzlich ihrer lebendigen Zutat beraubt. Gelegentlich sieht man schon auch mal einen Esel unter den einheimischen Geschöpfen. Aber das ist eine Neuerung und der Versuch des Besitzers, Erinnerungen an unvergessliche Urlaubstage in südlichen Ländern festzuhalten. Schwäbisch-materielle Habgier kann bei dieser Tierliebe keine große Rolle spielen, denn außer ein paar Schaffellen und ein oder zwei geschlachteten Lämmern zu Ostern springt dabei nicht viel raus.

Beeringer überlegt, ob der Guschtl als Holzscheit-Schlagverdächtiger in Frage kommt. Schwer, sich ein Motiv vorzustellen. Er wird ihn trotzdem einmal aufsuchen. Zur Tatzeit war er jedenfalls in der Nähe.

»Sagen Sie, Herr Benzl, wo wohnt denn dr Guschtl nochmal? Gell, des hellgrüne Haus ausgangs Flecken, wenn ichs noch richtig weiß?«

»Ja noi, des wießt i jetzt net grad. I kennt jo mol schnell mei Schwiegertochter …«

»Nein, nein, nicht, bitte nicht, ich will Ihnen keine Umstände machen. Ich find ihn schon.«

Das hätte ihm gerade noch gefehlt. Claudia Benzl. Nein, nicht jetzt. – Verdammt, da steht sie auch schon. In ihrer breiten, blumigen Pracht. Wie aus dem Nichts ist sie aufgetaucht.

»Ja, ischt denn der Herr Hagmeier emmer no net auftaucht? Wenn mr wenigschtens sei Leich fenda dät, no wießt mr, wo mr dro ischt, gell?«

»… der das Wohl ihrer Mitmenschen nicht egal ist …«, murmelt Beeringer vor sich hin. Der Satz geht ihm einfach nicht aus dem Kopf.

Er hängt sich, gewissermaßen als Schutzschild, seine kalte Maigret-Pfeife in den Mund. Was soll er jetzt darauf antworten? »Leider haben sich weder der Herr Hagmeier noch seine Leiche bei mir gemeldet.«

Der Hieb auf seinen Kopf hätte ein deutlicher Beweis von Hagmeiers realer Existenz gewesen sein können.

»Moinat Sie net, dass mr vielleicht mol bei XY-Zett em Fernseha amol a Umfrage oder so … Do fendet se doch au öfters was raus?«

Beeringer sucht das Weite und verlässt Hals über Kopf die Runde der kriminalistischen Experten.

Er fährt zu Meier. Gustav Meier, ein musterhaftes Exemplar beispielhafter Tälesbewohner. Im Gemeinderat gehört er zu den aufrechten, zuverlässigen Neinsagern. Sein Wort gilt.

Beeringer findet ihn an der etwas zurückgesetzten alten Scheune, die dem Freizeitagrarier als gelegentliche Werkstatt dient. Meier blickt zwischen dem Gewirr von etlichen Kabeln, Netzen und zwei Autobatterien mürrisch von seiner Arbeit zu ihm auf.

»I mecht net lang steera, Herr Meier, erscht mol griaß Gott – so, fleißig wia emmer, gell?«

Meier legt behutsam sein Werkzeug beiseite, richtet sich langsam zu Beeringer auf und erwidert: »Saga mr so: Manche hen emmer ebbes zom schaffa, manche weniger. Was wellet Se denn bei mir?«

»Ich will eigentlich nur … Ich bin do nur grad vorbeikomma und han Ihr Scheunador offa geseha, ond hab denkt, gucksch mol nei.«

»Ond no hen Se neiguckt, so so.«

Die rationierte Gesprächsbereitschaft von Meier erweist sich nicht als besonders förderlich für Beeringers verdeckte Verhörtaktik.

»Ja, ich hab gar nicht erwartet, dass ich Sie um diese Zeit daheim antreff, wega dem wunderts mich ...«

»I han en Dag Urlaub gnomma. Mein Elektrozaun hot dr Geischt aufgebba. Verstandet Sia ebbes von dem elektrischa Glomp dohanna?«

»Leider eher weniger, aber saget Sie, do brenget Sie mich auf was, Herr Meier: Hat der Herr Hagmeier, der da oben in der Nähe Ihres Schafanwesens wohnt, auch Urlaub, weil man ihn dort nicht mehr sieht? Ich versuch ihn schon die ganze Zeit zu erreichen.«

Meier schaut erstaunt auf: »Der wohnt doch scho lang wieder bei seinra Muader. I kann Ihne au gern sei Handynommer geba,wenn Se wellet.«

Beeringer will – sogar mit Handkuss.

Und Meier sagt sogar freiwillig einen weiteren Satz: »Die Alt isch scheints en letschter Zeit au scho a bissle wonderlich worda. Dui sieht Sacha, wo gar net do send, die sieht scho Gschpenschter.«

Die »Alt Hagmeiere« interessiert Beeringer jetzt weniger, zumal er doch jetzt den direkten Draht zu seinem Verdächtigen hat. Mehr braucht er im Moment nicht. Alles andere wird sich nun schnell regeln. Er hat die Handynummer und will jetzt rasch wieder weg.

Das hatte er nicht bedacht. Junggesellen wie Hagmeier verlieren in der Regel nach einer gewissen Zeit die Freude am Dasein in ihrer für eine traute Zweisamkeit ausgelegter Jungfrauenfalle, zumal es sich ohne eine Jungfrau relativ monoton und monogam gestaltet und dadurch auch der trauliche Dialog und natürlich die energieaufwendige Ver- und Fürsorge entfällt. Was liegt also näher als der Rückzug in die altgewohnte Geborgenheit ins mütterliche Nest mit Full Service.

# Geständnis

Beeringer sitzt wieder rechtzeitig an Irmas Mittagstisch und sie plaudern über dies und jenes. Es gibt Linsen mit Spätzla. Und darüber sind ihre Meinungen unterschiedlich und daher diskutabel. Vor allem, was die diversen Einlagen betrifft. Er bevorzugt Schweinebauch, leicht geraucht. Obwohl, mit guten Saitenwürsten könnte er sich auch behelfen, doch ein mildes Schwarzwälder Rauchfleisch, gut durchwachsen, ist, wenn man es in den Linsen mitkocht, eine nicht zu verachtende Variante.

»Jo, i kann jo mol älles zamma neido, no hosch die freie Auswahl.«

»Wär en Versuch wert.«

Nach einer kurzen Pause in der nahrhaften Unterhaltung, die Beeringer intensiv zum Essen nutzt, erkundigt er sich so belanglos wie möglich: »Sag mol, Irma, die alt Frau Hagmeier, die muss doch au scho siebzich sei. I han se scho lang nemme gseha.«

»Awa, die isch doch scho mendeschtens femfasiebzig, die isch no rischtig. Des sieht mr dera net a.«

Ja, die zähen Auendorfer Weiblein.

»Ond, sag amol, die wohnt doch do dussa, ausgangs Flecka, do rechts em Wenkel?«

Irma nickt. Denn man spricht nicht mit vollem Mund. Das ist ihr wichtig.

In gewohnter Reihenfolge lässt Beeringer nun seine genießerischen Rituale ablaufen. Nachtisch, ein zwei Gauloises und dann seine Mittagsruhe auf seiner energiespendenden Chaiselongue. Irma hat schon gestern seinen kleidsamen Turban durch ein attraktives Pflaster ersetzt, das er jetzt behutsam in eins der weichen Kissen bettet. Die

Holzscheit-Schmerzen sind einem dumpfen Allgemeinschwindel gewichen. Zufrieden schließt er die Augen.

* * *

Wie Geierkrallen halten ihn die scharfen Dornen eines Heckenrosenstrauchs gefangen. Verzweifelt, aber erfolglos versucht er wie eine Fliege im Spinnennetz, dem Gestrüpp zu entkommen. Doch die widrigen Haken des zarten Röschens berauben ihn gewalttätig seiner Freiheit. Krächzende, struppige Raben senken sich drohend herab auf die fesselnde Hecke. Mit Gesichtern und Fratzen seiner Freunde und Feinde. Der Mächtigste, Struppigste mit Benzls schlau-freundlichem Gesicht spreizt sich mit seinen Krakelbeinen vor ihm auf, und flattert krächzend wieder davon: »Mich krrriget Se net!« Der Schwarm erhebt sich, flattert davon, kommt wieder als geflügelte Ziegen. Ein weißer Ziegen-Pegasus in Claudia Benzls großblumiger Kittelschürze meckert ihn an: »Wäck-kek-kek isch dr Hagmei-ei-er!«

Hieronymus Bosch lässt grüßen und malt mit blutigem Rot noch Dutzende kleine Kleckse aus Hägenmark um ihn herum, die sich träge ausdehnen und zu einem dicken Brei anwachsen, in dem er nun zu ertrinken droht. Zum Staccato von Beethovens »Neunte« kämpft Beeringer panisch rudernd um sein Dasein. Beethovens »Neunte« steigert sich ins Fortissimo und wirft ihn zurück ins reale Leben. Sein Handy rettet ihn. Er erwacht langsam aus diesem Alptraum. Die Welt hat ihn wieder.

Auf Socken taumelt er zum Tisch, auf dem sein Lebensretter musizierend liegt.

»Beeringer … ach, du bischs, Hermann.« Hermann Gruber, sein Kollege in Geislingen.

»… desch aber guat, dass d arufsch … Hosch was zom berichta? … wia, Blutgruppe AB? … Desch die seltenscht? … Des isch jo guat … Ha prima … Was sagscht? … Do sei no anders Bluat dro? …«

Sie telefonieren noch eine ganze Weile, fachsimpeln und erörtern und kommen zu dem Schluss, dass jetzt nur noch der dazu passende Blutspender fehlt. Zu dem, seinem Hauptverdächtigen, muss er nun umgehend. Zu Hagmeier. Besser noch, er ruft vorher an, damit er ihn auch in seinem – jetzt wieder mütterlichen – Domizil antrifft. Seine Nummer hat er ja, dank Gustav Meier.

Aber vorher erwartet ihn noch die angenehme Pflicht, Irmas Nachmittagskaffee zu genießen. Danach zündet er eine Zigarette an, lehnt sich in aller Gemütlichkeit zurück und wählt die Nummer von Hagmeier. Es dauert lange, bis das erste Freizeichen ertönt. Zwei, drei Mal, dann meldet sich Hagmeier.

»Hagmeier.«

Gott sei Dank, das erste Lebenszeichen. Jetzt hat er ihn! Nur ein paar Häuser weiter. Und er sucht ihn in der ganzen Weltgeschichte! »Du sollst nicht in die Ferne schweifen, liegt das Gute doch so nah …«, fällt Beeringer dazu ein.

»Ja, hier ist Beeringer, hier in Auendorf, Linus Beeringer. Herr Hagmeier, ich wäre nachher gerne mal zu Ihnen rübergekommen. Ist das möglich?«

Pause. Beeringer hört nichts mehr.

»Hallo, hallo, hören Sie mich?«

Dann meldet sich Hagmeier wieder: »Ja, i woiß net, ob des Ihne meeglich isch, bis nachher doher noch Majorka? Isch zemmlich weit. Ob sich des lohnt?«

Lange Pause. Beeringer ist baff.

»Majorka? Sie send in Majorka?«

Flucht! Ist Hagmeier nach seinem hinterhältigen Anschlag auf ihn nach Mallorca geflüchtet?

Beeringer findet endlich seine Sprache wieder: »Wie lang send Sie schon in Majorka?«

»Ha, jetzt scho fascht drei Wocha. Morga komm e wieder hoim.«

Der hat also ein Alibi.

Wenn das stimmt, hat er seinen Hauptverdächtigen verloren. Als Totschläger kommt Hagmeier nun nicht mehr in Frage. Ein bitterer Verlust, aber ein Plus für die nun reduzierte Auswahl der noch übrig bleibenden Möglichkeiten. Wer könnte das sonst gewesen sein? Wer will verhindern, dass er, Beeringer, bei Hagmeier auf etwas stößt, das nicht sauber ist? Und zwar so unsauber, dass es sich dafür lohnt, einem ehrbaren, arglosen Bürger mit einem soliden, trockenen Kaminholzbuchenscheit den unbescholtenen Schädel derart einzuschlagen?

Beeringer betastet vorsichtig seinen Hinterkopf, findet sich endlich wieder in sein unerwartet teures Ferngespräch und beendet es rasch.

»Ja, dann melde ich mich wieder, wenn Sie da in der Lage sind, ich meine, wenn Sie dann zu Hause sind.«

Enttäuscht und nachdenklich lässt er sein Handy in die Tasche gleiten. Mallorca. Der Fall dehnt sich aufs EU-Gebiet aus. Er greift nach der Tasse, die noch einen kläglichen Rest inzwischen kalt gewordenen Kaffees enthält und verfällt ins Grübeln.

* * *

Leonhard Benzl rückt auf die Stelle Nummer eins seiner Verdächtigenliste. Zumal der sich offensichtlich mit der Sache Kittel und Sammelsack indirekt verraten und verkauft hat. Außerdem war er es, der ihn, Beeringer, kurz vor der Holznarkose zu Hagmeiers Haus hat gehen sehen. Aber wie sollte das mit Hagmeier zusammenhängen?

Zweitens: Gustav Meier war wohl zur fraglichen Zeit mittel- oder unmittelbar vor Ort gewesen und hätte die Gelegenheit gehabt. Aber wo war das Motiv?

Drittens: Hat Hagmeier noch einen Mittelsmann? Einen Gegner? Einen Komplizen? Oder gibt es einen Erpresser, der ein Interesse an der tatkräftigen Verschleierung hat? Alles möglich. Aber was ist wahrscheinlich? Das Blutbad in

Hagmeiers Hütte deutet exakt darauf hin, dass ein identisches Massaker, noch blutiger als das, das ihm widerfahren ist, dort stattgefunden hat. Wo wäre dann das Opfer verblieben?

Beeringer wird am morgigen Tag erst mal Benzl ernsthaft in die Mangel nehmen und auf den Zahn fühlen. Aber wie, ohne die liebenswerte, kriminalgeschulte Schwiegertochter zu tangieren?

Heute Abend wollen sie, die Beeringers, gemütlich fernsehen. Irma liebt die Serie »Um Himmels Willen«, die in der ARD läuft, über alles. Die Folgen sind so realistisch und so tiefsinnig, wie aus dem wirklichen Leben gegriffen. Und zudem gefällt ihr einer der Schauspieler ganz besonders. Ein Bild von einem Mann. Beeringer dagegen bevorzugt die alten Filme mit Monsieur Poirot, dem schlauen belgischen Franzosen, der alle Fälle allein mit seinem genialen Kopf vom Sessel aus löst, mit dem einmaligen Peter Ustinov. Oder aber die noch älteren Streifen in Schwarzweiß, in denen der unvergessliche Jean Gabin den Kommissar Maigret darstellt. Leider werden die immer seltener gezeigt, so dass Irma bei der Programmauswahl die Oberhand behält. Sie zelebriert diese Abende immer wie ein regelrechtes Erlebnis. Wie ein Theaterabend im eigenen Haus. Gedimmtes Licht, eine Kerze, funkelnder Rotwein aus Frankreich und erlesene Käseschnittchen aus Irmas Dreisterneküche. Viele. Das Fernseh-Programm rückt für Beeringer dementsprechend in den Hintergrund.

Diese Atmosphäre liebt er und bisweilen nickt er dabei ein, sobald die vielen erlesenen Käseschnittchen viel viel weniger geworden sind.

Irma genießt »Um Himmels Willen«. Ihr Liebling hat heute eine größere Rolle und ihr heimischer Held neben ihr ist schon sanft entschlafen.

* * *

Es ist Mittwoch. Beeringer hat sich überlegt, wie er Leonhard Benzl aus der einflussreichen Nähe seiner Schwiegertochter locken kann. Er wird ihm einfach einen Spaziergang zum Galgenberg anbieten.

Beeringer hat Glück. Gerade als er um die Biegung vor der Kirche kommt, hört er schon die vertraute Stimme Benzls, der sich angeregt mit seinem Hund unterhält.

»Do gang her, du Schlawiner.« Und als er Beeringer entdeckt: »I han net Sia gmeint, gell, Herr Beeringer, net dass Sie meinet, net wohr, ha noi. – So so, immer noch auf dr Kittelsuche?«

»Nein, nein, den hab ich ja gefunden, wie Sie wissen. Und den kurzzeitigen Zwischenbesitzer auch. Der weiß es aber noch nicht. Oder doch?«

Beeringer reicht Benzl die Hand. Der zögert etwas. Er macht überhaupt nicht den gewohnten überschwänglichen und einnehmenden Eindruck, der ihm so eigen ist und der dem geduldigen Beeringer jedes Mal ein hohes Maß an Nachsicht abverlangt. Heute muss er ihn zu diesem geplanten Plauderstündchen geradezu überreden.

Die beiden sind nun schon eine kleine Weile unterwegs. Beeringer lenkt die gemächlichen Schritte in Richtung Galgenberg und das Gespräch allmählich auf den wunden Punkt, der Benzl so offensichtliches Unbehagen bereitet.

»Sagen Sie, Herr Benzl, Sia send doch, alles in allem, ein einigermaßen fascht ganz verninftiger Mann. Warum sagen Sie mir denn nicht frei raus, wie es sich mit dem Kittel und dem Sack – der Spendiertüte – wirklich abgespielt hat? Oder haben Sie drieber hinaus noch weitere, äh, Zusammenhänge oder Tatsachen zu verheimlichen?« Beeringer geht jetzt aufs Ganze. »Womöglich in der Geschichte Hagmeier, in der Ihre Schwiegertochter die verschiedensten Andeitungen gemacht hat? Das kann aber für Sie recht heiß werden, wenn Sie nicht auspacken.«

Benzl sieht elend aus. Er blickt verschüchtert auf und bleibt stehen.

Mit einem Rest an Würde und Entschlossenheit stößt er schließlich trotzig hervor: »Sie send doch auch manchmal ein zemmlich verninftiger Mann, Herr Beeringer, aber Sie hen guat schwätza, Sie habet wahrscheinlich koi Schwiegertochter – oder zumendescht net so eine wie i. Wenn Sie mir Ihr Ehrenwort en d Hand nei versprechet, dass die nex erfehrt – om Hemmels willa! –, no sag i Ihne, wias ganga isch.«

Und Benzl vesucht verlegen zu erklären, immer mit Zwischenbemerkungen, die das Ganze verharmlosen und herunterspielen sollen: »Ich bin do mol obeds – s isch jo lang hell ond i will net dr ganz Obed des Gschwätz von meinra …«

Kurzum: Um dem Genuss des verbindenden trauten Familienlebens mit seiner Schwiegertochter zu entgehen, war Benzl am Abend durch das bereits zur Ruhe gekommene Dorf geschlendert. Der kleine Schlawiner, sein Hund – Claudias Hund –, hatte ihn begleitet. Aus dem einen oder anderen Fenster hatte das bläuliche Licht geflimmert, das die neuesten Nachrichten an die ereignishungrigen Mitbürger der Nation verteilt. Kein störender Mensch war unterwegs. Ideale Voraussetzungen, um ungestört die zur Abholung bereitgestellten Spendensäcke vor den Häusern zu betrachten. Darüber zu spekulieren, wer wohl was zu spenden gewillt war und in welchem Zustand die Kleidungsstücke den Gebrauchswert für ihre Besitzer so weit eingebüßt hatten, dass sie guten Gewissens für einen mildtätigen Zweck gespendet werden konnten. An dem Sack am ersten Haus war Benzl noch relativ ungefährdet vorbeigekommen. Beim zweiten ging es schon nicht mehr, ohne dass er ihn betastet hatte. Der Sack beim dritten Haus war etwas nachlässig gebunden gewesen – das hatte er in Ordnung bringen müssen. Benzl hatte am Verschluss genestelt. Und da er nun schon mal dabei war, hatte er ja auch gleich mal reingeschaut.

»Verstehet Se me richtig, Herr Beeringer. Des war a reines Interesse. Ich intressier mich halt gern fier die soziale

Verhältnis von meine Mitbirger sozusaga. Net dass e neigierig wär – noi, des isch mei starks Interesse fir d Leit, wisset Se.«

Nein, das ist keine Neugier, auch keine Habgier. Auch keine Wissbegier. Sondern lediglich Interesse, das ausgeprägte schwäbische Bedürfnis herauszufinden, ob Gegenstände, die gewissermaßen vogelfrei sind, unter den gegebenen Umständen noch zu gebrauchen sind. Oder vielmehr das Interesse an der Frage, warum sich der ehemalige Besitzer von ihnen trennt. Es kann durchaus sein, dass etwas dabei ist, was man selbst noch besser gebrauchen kann als der potentielle Empfänger.

»Ond no han e gseha, was do fir guate Sacha en Ihrem Säckle waret. Ha, schier gar z schad zom Wegschmeißa oder oifach so zom Verschenka. Wer woiß, wo dia nokomma wäret.«

Es ist eben für einen Schwaben absolut unverständlich, dass selbst herrenlos vor dem Haus liegende Gegenstände, und seien sie noch so gebrauchsunfähig, gänzlich wertlos sein sollten. Selbst Beeringer hatte vor einiger Zeit einen betagten, langgedienten Regenschirm vor dessen Sperrmüllschicksal gerettet. Als er ihn, zu Hause angekommen, aufgespannt hatte, hatte er entdeckt, dass das gute Stück mit zahlreichen recht großen Löchern gesegnet war. Der ursprüngliche schützende Sinn des Regenschirms war verloren gegangen. Das hatte aber auch keine besondere Rolle gespielt, da er für sich überzeugend festgestellt hatte: »Fir daheim rom duat ers no guat.«

Überhaupt absolvieren Gebrauchsgüter im Schwabenland eine wesentlich längere Dienstzeit als anderswo. Deshalb war auch Benzl von dem guten Zustand der Beering'schen Garderobe derart angetan gewesen, dass es ihm geradezu unmöglich gewesen war, sie ihrem ungewissen Schicksal zu überlassen.

»I han Sie jo domols no gar net persönlich kennt, Herr Beeringer.«

Jedenfalls hatte Benzl sich seiner leichten Sommerjacke entledigt, sie locker-lässig über den Kleidersack gehängt und war damit ebenso locker-lässig in Richtung Galgenberg gelaufen. Dort oben angekommen, hatte er in aller Ruhe den Inhalt auf der Bank vor sich ausgebreitet und seine Beute eingehend betrachtet. Von dort hatte er die totale Übersicht und hätte einen eventuellen Störenfried schon von weitem sehen können.

»Ond die Monogramm an de Hemmadr – LB dort oba am Däschle – hend jo genau zu meim Nama passt. Des war jo sozusaga wia vom Schicksal vorgseha. Net wohr?«

Das Schicksal hatte ihn wie eine Glücksfee als neuen Besitzer bestimmt. Benzl war dann in den bewussten blauen Kittel geschlüpft. Der hatte gepasst, er war wie für ihn gemacht. Sein Glücksgefühl war allerdings bei dem Gedanken, was seine geliebte Ehehälfte dazu sagen würde, etwas gedämpft worden. Oder was – um Himmels willen – seine Schwiegertochter Claudia?

»Herr Beeringer, die hett mich jo vrropft. Do wär Hai honda gwää. Ich war en einer heftiga Zwangslage, in einem Entscheidungskonflikt sozusaga. Wenn Sie wisset, was i moin.«

Beeringer wusste es.

Schweren Herzens und tief enttäuscht hatte Benzl also die Güter wieder in den Sack gepackt und war damit in Richtung Waldrand gegangen. Dort hatte er hinter den stacheligen Röschenhecken sorgfältig ein einigermaßen verstecktes Plätzchen für sein nun endgültig herrenloses Bündel gesucht, das Jägermeister Holzwart wahrscheinlich später dort finden würde. Auf dem Rückweg zur Bank hatte er bemerkt, dass er den Kittel noch anhatte. Kurzerhand und schweren Herzens hatte er ihn also auf die Bank gelegt und trat dann schleunigst den Rückweg ins Dorf an. Sein treuloser Hund, der Blitz, war längst zu Hause gewesen.

»Und seither hab ich den Kittel nicht mehr angerührt. Da hab ich mit der Sach nicht mehr des Geringschte zu tun, ich bin absolut unschuldig.« Der also absolut unschuldige Benzl fühlt sich, als hätte man ihm Handschellen abgenommen.

Aber Beeringer lässt ihn noch nicht aus seinen Fängen: »Und saget Se, Herr Benzl, Sie habet ja von Ihrer Warte aus einen totalen Überblick zu ihrem Nochber Hagmeier. Wer treibt sich denn dort alles herum? Da gehen doch Dinge vor sich, die wohl erheblich von einem geregelten Landleben abweichen. Oder sind Sie womöglich selbst in die Vorgänge verwickelt? Geben Sies doch endlich zu!«

Benzl ringt um Fassung und Worte. »Herr ... Herr Beeringer – was meinet Sie jetzt au von mir ... I bin doch kein Gängschter oder Mörder oder Erpresser womeglich! Do kommet vielleicht noch ganz andere in Betracht. Ich will do en nix neikomma. I bin doch absolut uninformiert sozusaga.«

»Sie wollen mir doch nicht verzehlen, dass Sie nicht ab und zu da oben ein bisschen ... sagen wir mal ... interessiert waren, Herr Benzl?«

»Ha, enteressiert vielleicht scho, aber mr hot jo net enna naigseha, wenn dr Herr Hagmeier do oba romgwirtschaftet hot oder sei Muadr, bis er no ganz abhandakomma ischt, womeeglich wird mr nia meh was von ihm heera oder seha, und mr wird nia mehr erfahra, wia er omkomma ischt.«

Beeringer schüttelt den Kopf. »Noi, Herr Benzl, abhandengekommen ist er nicht und umgekommen auch nicht, da kann ich Sie beruhigen.«

Erstaunt schaut Benzl zu Beeringer. »Ja, noh isch do gar nex dra an der ... Do ben i aber jetzt direkt entteischt ... also fir dr Herr Hagmeier nadierlich net ... ha, halt so, wenn Sie wisset, was i moin.«

Beeringer glaubt es zu wissen. Mittlerweile sind die beiden mit ihrem ambulanten Freiluft-Verhör und dem brauchbaren Ergebnis schon zurück und in die Nähe von Benzls schwiegertöchterlichem Domizil. Um nicht ins unmittelbare Sichtfeld von Claudia zu geraten, mäßigt Beeringer seinen forschen Schritt und verhält dann zu einer möglichst kurz gefassten Abschiedsfloskel.

»Also, Herr Benzl, man sieht sich ...«

Ein ohrenschädliches Geknatter, ähnlich der Phonetik von Formel-1-Boliden, übertönt den Rest seiner Abschiedsempfehlung. Der Verursacher kommt auch gleich um die Ecke. Ein altersschwaches Moped, das den gewichtigen Gemeinderat und Schafhalter mühsam den Hang heraufbefördert. Gustav Meier gönnt seinem Gefährt eine Pause und hält neben dem Wanderduo. Das Geknatter ebbt ab und klingt etwas gnädiger.

»Dag, dia Herra Pensionär, so, emmer monter ond fleißig, wia ne seh. Hent r em Herrgott wieder mol a Dägle gstohla mitnander?«

Beeringer kontert: »Er hots ons gschenkt. Er hot gsagt, faulenzet no, dr Meier schafft fir eich mit. Fahret Se zu Ihre Schof nuff? I dät nochher no gern ebbes schwätza mit Ihne, no komm e grad mit nuff.«

»I dät Sie jo gern mitnemma, aber i fircht, mei Harley packt bloß oin von onserem Kaliber.«

Über Meiers breites Gesicht huscht der Anflug eines verschmitzten Lächelns. Er gibt Gas und lärmt den Hang empor. Beeringer blickt zu Benzl hinüber, tippt zum Zeichen des Abschieds an seinen stoßdämpfenden Hut und folgt Meier.

Einige Minuten später steht er an Meiers Elektrozaun und öffnet das Gatter. Volt und Ampere schütteln ihm Hören und Sehen aus seinem realen Dasein. Zappelnd stellt er fest, dass Meiers reparierter Elektrozaun wieder funktioniert.

Der Meister steht innerhalb des Zauns an der Futterraufe und freut sich. »Es war nur a Sicherong hee, jetzt duat r wieder.«

»Ja, des han e gmerkt.«

Es sieht urig aus hier oben. Eine wilde Wiese zwischen Dorf- und Waldrand. Vereinzelte Wacholderbüsche, einige

Ziegen, ein paar Schafe, eine windschiefe Hütte und ebendieser belebende Elektrozaun.

»Kommet Se rei, i han da Strom abgschalta, damits net nomol bitzelt.«

Hinter der Hütte hat Meier sich häuslich eingerichtet. Unter dem vorspringenden Dach der wetterschiefen Hütte steht eine selbst gezimmerte Bank und eine halbe Europalette als Tisch. Hierher dirigiert er Beeringer.

Der setzt sich und schaut sich um. Ein eindrucksvoller Ausblick aufs Dörfchen, aber vor allem ein interessanter Einblick in Hagmeiers Anwesen, das zwar ein gutes Stück entfernt, aber frei einsehbar ist.

»Da kann mans aushalten. Da sitzen Sie sicher öfters und schauen dort runter?«

Meier bückt sich etwas und fragt: »Kenntet Se vielleicht nomol kurz Ihr Fiedle lupfa?«

Erstaunt kommt Beeringer dem seltsamen Wunsch nach. Meier kippt die Bank etwas nach vorne und entnimmt der Kiste, die zum Vorschein kommt, zwei Fläschchen Bier. Gruibinger Brunnenbier, das Naturtrübe.

»Jo, wenn älles gschafft isch, trenk e do ällamol so ois dohanna. Prost, Beerenger.«

»Prost, Herr Meier.«

Das Naturtrübe vom »Hilsabeck« in Gruibingen schmeckt ihnen vorzüglich.

Beeringer kann sich nur schwer vom Anblick des Hagmeier'schen Umfelds losreißen. Aber Meier hat natürlich längst gemerkt, dass Beeringer ein Anliegen hat. Er lässt ihn jedoch zappeln und wartet geduldig, bis der sich mit seiner ersten Frage vortastet.

»Ihr Nochbr do onda isch net oft do, gell?«

»Noi.«

»Aber ab und zu muss doch jemand nach dem Rechten sehen?«

»Ab ond zua scho. Aber dr Hagmeier hab e scho a ganz Weile nemme gseha. Seit er doch wieder bei seira Muadr wohnt.«

Beeringer gräbt weiter. »Sia sehet doch so guat da hinunter und habet doch die totale Übersicht. Wer geht denn sonst noch dort ein und aus?«

Meier nimmt einen tiefen Zug aus seinem Fläschchen, wischt sich mit dem Handrücken über seinen schwarz-grau melierten, struppigen Schnauzbart und wedelt den Rauch von Beeringers Gauloise aus seinem Gesichtsfeld.

»Saga mr so: Wenn i so neigierig wär wia manche Leit ond i mi net liabr om meine Viecher kümmera dät, kennt i Ihne vielleicht meh saga.« Der Meiers Guscht hat eben seine eigene Ansicht von sozialem und solidarischem Umgang mit seinen ihn umgebenden dörflichen Mitbürgern. Deshalb ist er wohl auch im Gemeinderat. »Ond saga mr so: Wenn sich jeder om sei oiges Sach kümmert, bleibt em gar koi Zeit zom en ander Leit Sach Romstiera. No gibts au weniger Hendl. Wer d Nos z weit naisteckt, klemmt se nai. Ond saga mr so: Was mr net woiß, des macht oin net hoiß.«

Beeringer macht es schon heiß, gerade weil er noch nichts weiß.

Er versucht jetzt mit etwas mehr Geduld und seiner ihm eigenen Diplomatie dem Wissen näher zu kommen. »Sehr richtig, Herr Meier, leben ond leben lassen, ond vor allem: am Leben lassen.« Behutsam befühlt er dabei seinen Hinterkopf. Die schmerzenden Unregelmäßigkeiten an selbigem weisen unzweifelhaft auf einen realen Verursacher, der nicht leben lassen will. »No hend Sie überhaupt kein Umgang mit dem Hagmeier, dabei haben Sie mir doch kürzlich sogar seine Handynummer gegeben.«

»Do vrwechselsch was, Beeringer. Wenn i braucht werd, ben i do. Aber i baatsch net ond i guck net durch d Schlissellöcher, hosch me? Kirzlich hot me die alt Hagmeiere do nondergholt, do sei en Eibrecher. Aber nex war. Die isch scho a bissle … Die sieht scho Goischter. Aber sonscht isch se no richtig. Die putzt ond luftet äll vierzeha Dag em Hagmeier sei vrlassene Villa. Ond er holt me älls, wenn r vier Hend braucht, wenn r was repariert. Ond dr Benzl do onda gheert au zur Schlisselloch-Frakzio. Ond ieberhaupt, was suachat eigentlich Sia do onda?«

Erstaunlich, der lange Monolog. Es ist dem Guscht wohl sehr wichtig, den gravierenden Unterschied zwischen unerwünschter Schnüffelei und gewünschter Nachbarschaftshilfe deutlich zu machen.

»Es sind Ereignisse und Vorgänge da unten vorgegangen, wo ein suspekter Eindruck nicht von der Hand zu weisen ist.« Beeringer bedient sich schon wieder seiner dienstlichen Sprache. »Aber des besprech ich wohl am beschten mit dem Hagmeier selbst, sobald er wieder da ist.«

Er erhebt sich gerade von seiner rustikalen Sitzgelegenheit, als ein Auto, ein silbergrauer Mercedes, langsam den Hang emporkommt, kurz anhält, dann in Hagmeiers Einfahrt stehen bleibt. Die Insassen steigen aus, gehen aufs Haus zu. Der Vorausgehende trägt eine große Tasche.

Beeringer beeilt sich näher heranzugehen, aber Meiers Hütehelfer, der Elektrozaun, hindert ihn. Mit einem Satz springt er drüber.

Er hat die Höhe unter- und seine Sprungleistung überschätzt. Die kleine Diskrepanz ist maßgeblich an seiner momentanen Lage schuld. Er liegt flach am Boden. Einem krabbelnden Maikäfer nicht ganz unähnlich rappelt er sich wieder in die Senkrechte. Die Vergewaltigung der unschuldigen Natur durch Elektrifizierung hat das ehemals so idyllische Weideglück stark geschmälert.

»Kreizmillionsbäradreck!«

Mehr fällt ihm dazu im Moment nicht ein, zumal ihm der Meiers Guscht statt einer hilfreichen Hand einen alten Militärfeldstecher entgegenhält. Verwundert greift Beeringer danach und richtet ihn in Richtung Hagmeier. Wo Meier wohl dieses Instrument so schnell hergezaubert hat? Sicher dient es ihm zum Schutz der Privatsphäre seiner Nachbarn. So viel zum Schlüsselloch.

Beeringer sieht dank dieser Hilfe einen leeren Hof und einen einsamen Pkw. Die Kennzeichen am Auto sind leider ganz schlecht zu entziffern. Lediglich den ersten Buchstaben kann er einigermaßen erkennen, ein »M«. Beeringer versucht verzweifelt, die Sehhilfe schärfer zu drehen. Das Fernglas ist zu alt und das Auto steht ungünstig.

Nun entfernt sich der silbergraue Mercedes wieder und Beeringer reicht den kurzsichtigen Feldstecher an Meier zurück.

»Den hot mei Vadder no vom Kriag her ghet. I beobacht manchmol die Reh am Wald do oba«, rechtfertigt sich Meier.

Beeringer klopft sich die Hosenbeine ab, die bei seinem unfreiwilligen Kniefall ziemlich gelitten haben. Am rechten Bein dringt etwas Frischluft an sein Knie. Er wendet sich um und sagt frustgeladen im Weggehen: »Ich komm noch dahinter!«, und dann zu sich selbst: »Die Bande nemm i aus. Ond dia selle en Geislenga werret stauna, wenn e se uff em Tablettle präsentier. Do wuselts jo grad vor lauter verdächtige Gestalta.«

Die Gewissheit und die Vorfreude auf seinen fraglos zu erwartenden Erfolg reichen ihm, um Meiers Häme zwar zähneknirschend, aber großmütig zu übergehen.

Beeringer begibt sich auf den Heimweg. Gedankenverloren humpelt er dem Dorf zu. Sein rechtes Knie hat den Fall doch nicht ganz so glimpflich überstanden.

Als er auf der Höhe von Hagmeiers Anwesen anlangt, öffnet sich die Haustür und heraus tritt ein braungebrannter Mann. Ob das etwa tatsächlich Hagmeier ist? Beeringer geht auf ihn zu.

Der Mann in farbenfröhlichen Bermudashorts und zerknittertem T-Shirt schaut überrascht auf. »Griaß Gott. Was wellet Sie?«

»Sind Sie Herr Hagmeier?«, fragt Beeringer. »Dann habet mir schon telefoniert, wo Sie im Urlaub in Majorka waren. Beeringer mein Name.«

»Ah ja … Ja, i ben der Herr Hagmeier. Was fiehrt Sie zu meiner bescheidenen Hütte? Pressierts denn so mit onserem

Treffa? I bee grad erscht zrickkomma und wollt nach em Haus gucka, bevor e hoimgang zu meiner Muadr.«

Beeringer überlegt kurz. »Ha noi, i komm no morga – sagen wir zehn Uhr – bei Ihnen – bei Ihrer Mutter unten mal vorbei –, wenns recht ist.«

»Von mir aus, i han morga no Urlaub.«

Hagmeier begibt sich hinters Haus zu seiner Hütte, öffnet die Tür und verschwindet darin.

»Kaum drhoim vom Urlaub auf Majorka, scho so Kerle in Luxuslimousina aus München,«, brummt Beeringer vor sich hin.

Da sind Dinge im Gange. Verbindungen zur Szene im untergründigen Bereich der Großstadt? Undurchschaubare, zweifelhafte Gestalten. Eindeutige Machenschaften und Vorgänge. Er wird dahinterkommen. Der Hagmeier wird ihm nicht entgehen, mitsamt seinen Komplizen!

* * *

Der Abend zu Hause bei seiner Irma verläuft sehr gemütlich. Für sein leibliches Wohl hat Irma gesorgt. Die Unregelmäßigkeiten an seinem malträtierten Hinterkopf nehmen allmählich wieder ihre herkömmliche Form an, und sein lädiertes Knie erweist sich weniger schlimm als befürchtet. Trotzdem reibt Sand an seiner Seele. Auch der samtene Bon Monet vermag es nicht, seine Gedanken von Hagmeiers Umtrieben abzulenken.

Früh gehen sie zu Bett.

# Treibleskuacha

Es ist zehn Uhr am Morgen. Pünktlich steht Beeringer vor Hagmeiers mütterlicher Zweitwohnung. Hagmeier persönlich öffnet ihm die Tür. Führt ihn durch den schmalen, düsteren Hausflur zu einer ziemlich steilen Holztreppe. Die Stufen stöhnen knarrend unter ihrem Lebendgewicht. Im oberen Stock öffnet sich eine der Türen und da steht die alte Frau Hagmeier, die Mutter seines Langgesuchten. Sie hat beide Hände in den Taschen ihrer durch Arbeit und Kochspuren geadelten Kittelschürze.

Beeringer nimmt den Hut ab und streckt ihr seine Hand zum Gruß entgegen. Frau Hagmeier zögert etwas und ergreift sie dann unsicher.

»Mamma, biat doch em Herr Beeringer ebbes a, du hosch doch so en guata Treibleskuacha bacha.«

Die Hagmeiere hat offenbar zur Wiederkehr ihres verlorenen Sohnes einen Kuchen gebacken – mitten in der Woche. Wenn die wüsste, was für einen kriminellen Hallodri sie als Sohn hat!

»Ja, Herr Beeringer, no mach i schnell en Kaffee.«

Erleichtert, entschwinden zu können, eilt sie mit neugierigem Blick auf Beeringers Hinterkopfpflaster hinaus.

Hagmeier rückt zwei Stühle näher zu dem runden Esstisch mit schneeweißer Spitzendecke. »So, Herr Beeringer, nemmet Se doch Blatz ond hocket na. Was isch denn jetz der Grund für ihren Besuch?«

Beeringer erwidert so unverbindlich wie möglich, also schwäbisch: »Ja, mr wohnt so dicht beianander ond woiß so wenig vonanander.«

»Ja, die heitig Zeit. Heute hier, morgen da.«

»Ja, die viele Ortswechsel, gell?«

Hagmeier erhebt sich, greift zur Kommode rüber und reicht Beeringer eine Ansichtskarte. »Dees isch des Hotel, wo e war, uff Majorka, vier Sterne, Swimmingpuhl, Leit-Nait-Schou. Spitze.«

»Ond die Preise? Au spitze? – Do muaß mr sicher a bissle diafer en d Dasch langa?«

Hagmeier dehnt seine Brust etwas nach vorn und mit schwäbischem Understatement sagt er bescheiden: »Ha, mr ko sichs jo et grad et laischta.«

Beeringer fällt Hagmeiers angeblicher Lottosegen ein. »Gell, s machts oim scho a bissle angnehmer, wenn oim so a Milliönle zuagfloga kommt?«

Hagmeier schaut fragend auf: »Ach so, Sie moinet mein Lotto-Fenfer. O Heimatland, mit dem han e grad d Dachplatta von meim Heisle zahla kenna. D Leit schwätzet viel, wenn dr Dag lang isch.«

Beeringer wird klar, warum der Geldsegen nicht ausgereicht hatte, um beim Häuslesbau effektiv auf eine erstrebte Ehestiftung einzuwirken. Das Motiv Erpressung kann man also ausschließen. Aber was ist dann mit den ominösen Besuchern aus München?

»Jo, bei manche laufts Geld a weng flüssiger, wia zom Beispiel wahrscheinlich bei Ihrem Bsuach geschtern mit dem scheena deira Mercedes?«

Hagmeiers spätjugendliches Gesicht verzieht sich zu einem breiten Grinsen: »Oje, der lauft henda auf Wechsel ond vorna uff odeckte Scheck. Gliest, Leasing. Dene han e no s Benzin zom Hoimfahra zahla miaßa. Des war koi Bsuch, die hen mi vom Flughafa en Echterdenga mitgnomma. Kumpel halt, em Urlaub kenna glernt.«

Es ist eine verquere Welt geworden, diese moderne Welt. Zuverlässige Hinweise auf Gut und Böse haben sich derart verschoben und verwischt, dass es schwer geworden ist, ein eindeutiges Verbrecher-Profil zu erstellen. Bei seinem unvergesslichen Kollegen Maigret in Paris konnte man sich noch darauf verlassen, dass schwere Jungs unmissverständlich in schweren Limousinen unterwegs waren. Dem kleinen Ganoven stand das Fahrrad zur Verfügung und der Kommissar fuhr mit dem Taxi.

Die Tür geht leise auf und edles Porzellan knallt auf den blitzblank gebohnerten Stubenboden. Die alte Frau Hagmeier steht mit einem Tablett im Türrahmen und schaut betroffen auf die Bescherung.

»Ja, Mamma, was bisch denn heit so nervees? Was isch denn los mit dir? Der Herr Beeringer frisst de doch net.«

Hagmeier schiebt mit dem Fuß die zerbrochene Tasse beiseite und Frau Hagmeier serviert etwas fahrig den heil gebliebenen Treibleskuchen und duftenden Kaffee.

Treibleskuchen, den sollte seine Irma auch mal wieder backen. Es ist die Zeit der Treiblesernte und sie haben drei Stauden davon im Hendadomma. Die schmackhaften roten Johannisbeeren haben nur eine einzigen kleinen Mangel: die mühevolle Zupferei und das Abrubbeln von ihren Rispen, woran er sich immer eigenhändig beteiligen muss. Sonst hat er eigentlich nichts an Träuble auszusetzen, wie man jetzt sehr gut an seinem zielstrebigen Zugriff feststellen kann.

Frau Hagmeier entfernt mit Kehrwisch und Kutterschaufel rasch die Reste der ehemaligen Tasse aus dem edlen Sonntags-Service. Bevor sie sich zur Tür hinausschleichen kann, hält ihr Sohn sie auf.

»Mamma, hock de doch au zu ons her, wenn dr Herr Beeringer ons scho mol bsuacht.«

»I sott doch no end Kiche ond …«

»Nex do, do hocksch her! Mir kennet heit au später no essa.«

Die sonst so resolute und rüstige Frau wirkt irgendwie etwas zurückhaltend und scheu. Sie blickt auch Beeringer nicht direkt ins Gesicht, obwohl sie ihn ständig anschaut.

»Also Ihr Treibleskuacha isch wirklich guat, Frau Hagmeier, des muaß e saga«, versucht Beeringer sie etwas zu erwärmen.

»Ha, a bissle besser vielleicht scho wia am Schulzabeck seiner von do vorna em *Schwana.*«

Der Stolz und der Konkurrenzdruck in der schwäbischen Profihausfrauengilde und die Befürchtung, sie könnte dieser Norm nicht genügen, kommen vollendet zum Vorschein. Trotz Treibleskuchen, und mag er noch so gut sein, muss Beeringer jetzt doch endlich zum Thema finden. Wie soll er beginnen? Mit dem offensichtlichen Blutmassaker, das eindeutige Spuren in Hagmeiers Hütte hinterlassen hat? Schwierig, ohne zugeben zu müssen, dass er sich illegalerweise dort aufgehalten hat. Aber angesichts der Schwere des Verbrechens kann er sich erlauben, die Skrupel getrost zu vernachlässigen.

Also beginnt er so unverfänglich und harmlos wie möglich: »Herr Hagmeier, Sie hent jo so a schees Heisle do hieba em Wiesabuckel baut, des gfallt mr.«

Hagmeier reibt sich die Hände. »So, wellet Ses kaufa? I brauchs grad nemme. Aber s ischt net feil. S ischt a guade Geldanlag halt. Mr woiß net, was no kommt.«

»Nein, nein, ich hab mich halt nur etwas umgesehen, weils mir so gfalla hat.« Er muss doch seiner Schnüffelei eine gewisse Legalität unterlegen. »Aber was mich interessiert ...« Jetzt ist Beeringer in seiner Zurückhaltung überfordert und er fällt mit der Tür ins Haus: »Was haben in der ... in Ihrer Hütte am Haus ... hinter dem Haus ... für gewalteinwirkende Untaten stattgefunden?«

Hagmeier schaut erstaunt auf. »Wia, was moinet Sia jetz? Do woiß i nix drvo.«

Die Hagmeiere erhebt sich rasch. »I muaß doch no schnell en d Kiche, i han no ebbes uff em Herd.« Sie entfernt sich eilig.

Beeringer fährt ungerührt fort: »Erhebliche Spuren deiten auf eine gewaltige Gewalttat hin. Eindeitige, umfangreiche Blutrückstände beweisen stichhaltig einen oder mehrere suspekte Vorgänge, die dort stattgefunden haben missen.«

»Ja, jetz schlag me s Blechle … Was soll … en meiner Hitte … Bluat?«

»An Tür und Fußboda. Kein Zweifel und keine Ausflüchte, des isch beweisbar, jetzt noch sichtbar.«

Hagmeier richtet sich mit nachdenklicher Miene etwas auf. Dann erhellt sich sein Gesicht zu einem breiten Grinsen und schließlich bricht er in schallendes Gelächter aus.

Beeringer erwidert darauf ernst und laut: »Des isch nicht zom Lacha!«

»Ha doch! Do han e vier so Kerle ens Gnick gschlaga ond ens Jenseits beferdert. Vier kapitale Wiener, Blaue Wiener!«

Diese dramatisch-grausigen Serienmorde haben beileibe nichts mit vier angeheiterten österreichischen Landesnachbarn zu tun. Es sind Hagmeiers vier Stallhasen der Rasse Blaue Wiener, die seinen notwendigen Rationalisierungsmaßnahmen zum Opfer gefallen waren!

Beeringer erfährt, dass Hagmeier, nachdem er den Rückzug ins »Hotel Mama« beschlossen hatte, die umständliche Versorgung der Hasen dadurch gelöst hatte, indem er sie einfach abschaffte. Die armen Tierchen mussten ihr Leben lassen, und das in Hagmeiers geheimnisvollem Schuppen.

Hagmeier hat offensichtlich die Lizenz zum Töten, wenigstens was Blaue Wiener betrifft. Zwei kräftige Haken an der Innenseite der Hüttentür hatten als praktische Vorrichtung gedient, um die Wiener kopfüber an ihren Hinterläufen aufzuhängen und ihnen ihr blaues Fell über die langen Ohren zu ziehen. Das hatte natürlich nicht ganz unblutig geschehen können. Das muss Beeringer jetzt leider einsehen.

»Sia hent jo sicher meine leere Hasaställ gseha?«

Er hat. Beeringer schluckt schwer, obwohl kein Treibleskuchen mehr da ist.

»Des war mir ond meira Muddr oifach z viel, emmer extra do nomm zom d Hasa fittera ond mischta. Ond hier oms Haus rom han e koin Blatz fir Viecher.«

Alles recht und gut, aber so ganz gewaltfrei war es wohl doch nicht zugegangen im Schuppen von Hagmeier. Das beweisen anschaulich die beiden, inzwischen etwas kleineren Pflaster am Hinterkopf unseres erfolgsgewohnten Protagonisten.

Bevor sich bei ihm eine gewisse Entmutigung weiter breitmachen kann, stößt Beeringer noch mal zu: »Und da hab ich noch ein weiteres blutiges Indiz aus Ihrem Anwesen gesichert und ausgewertet. Ein blau kariertes Tuch, vielmehr Lumpen, mit Eel ond Ähnlichem und echtem menschlichen Blut der Blutgruppe AB. Ischt das vielleicht auch von einem Blauen Wiener?«

»Noi, des ko nur von mir sei. I han Gruppe AB. Des woiß i vom Bluatspenda beim Rota Kreiz. I spend äll Johr. Beim Repariera vom Rasamäher han i amol d Fenger neibrocht. Dr Meiers Guscht war drbei. Was wellet Se mir jetzt no älles ohenka?« Bis dahin hat Hagmeier geduldig Beeringers Kreuzverhör und die unterschwelligen Anschuldigungen ertragen, ohne nach dem Warum zu fragen. »Jetzt saget Se mr doch amol, was denn do eigentlich los war oder gwä isch, wo i em Urlaub war.«

Aha, denkt Beeringer, er will sein Alibi sichern. Nun entschließt er sich, mit klaren Tatsachen und Beweisen klare Tatsachen und Beweise zu schaffen, um wenigstens den misslungenen Mord an ihm zu beweisen. »Do, gucket Se her.« Er dreht seinen Hinterkopf in Hagmeiers Blickfeld.

Der schaut nur stumm – sein Blick ist ein einziges Fragezeichen.

»En Ihrer Hitte. Mit einem Holzbriegel. A bissle stärker ond i wär hee ond onderm Boda wia a Moggelgrott.«

Hagmeier schaut nach wie vor ahnungslos. »Ond was han i jetz mit dera Moggelgrott zom doo? I moin, mit dem Briegel. I war em Urlaub uff Majorka ond woiß von nix!«

Im Türrahmen erscheint Frau Hagmeier. Sie muss wohl hinter der nicht ganz geschlossenen Tür gelauscht haben. Zitternd steht sie jetzt vor Beeringer. »Herr Beeringer, i bitt Sie inständig, vrhaftet Sie mein Bua net. Der kann nex dafier. Der war jo gar net do!«

Die alte Frau Hagmeier. Bebend berichtet sie schließlich: Sie sei drüben im Haus ihres Sohnes gewesen wie jede Woche einmal. Sie habe nach dem Rechten gesehen. Wie immer. Sie habe Staub gewischt, den Boden gesaugt, gelüftet und geputzt, wie immer. »Mr derf doch s Sach net vrkomma lau!« Den Meiers Guscht habe sie gehört, vielmehr sein geräuschvolles Moped.

»Der fehrt emmer wia a gsengte Sau dort nuff.« Kurz danach habe sie Geräusche gehört, hinter dem Haus, habe sich nach draußen begeben und die Einfahrt inspiziert. Als sie hinter dem Haus nachgesehen habe, habe sie die Tür zum Schuppen offen gesehen. Sie sei vorsichtig näher gegangen und habe eindeutig eine Gestalt im Halbdunkel der Hütte erkannt. Nicht erkannt, aber gesehen. »Ond i han ebbes gruschtla ghöhrt. Eibrecher, han e denkt. Do war e absolut sicher, des waret Eibrecher.« Man wisse ja aus Film und Fernsehen Bescheid. »Mr woiß jo, dass mr nia wissa ko, wisset Se. I han arg Angscht ghet.« Sie war leise näher geschlichen, und bevor sich der Einbrecher habe umdrehen können, habe sie zugeschlagen. Dann noch einmal. »Wisset Se, i han denkt, dass r bestimmt liega bleibt ond mir nex do ko.« Sie habe sich zuvor mit einem ellenlangen Holzscheit von dem Stapel neben der Hütte bewaffnet. Panisch habe sie dann die Tür verschlossen und sei so schnell es ging den Hang hoch zum Meiers Guschtav gelaufen, um Hilfe zu holen. Sie habe ihn nicht gleich gefunden und habe ihn erst suchen müssen. Als sie dann schließlich wieder zusammen unten angekommen seien, sei ihr beschädigter Gast verschwunden gewesen. Auf jeden Fall sei der Schuppen leer und die Tür ordnungsgemäß verschlossen gewesen. »Dr Guscht hot gsait, i dät spenna, i häb Goischter gseha. No han es bald selber glaubt ond denkt, i bhalts halt fir mi, sonscht haltet se me älle no fir unzurechnungsfähig, oder wia mr sait. Ond meim Bua han e au nex gsagt, dass r net no en ebbes neikommt.«

Gesenkten Hauptes steht Lisa Hagmeier vor ihm und hält ihm beide Handgelenke entgegen.

* * *

Ebenfalls gesenkten Hauptes wackelt Beeringer seiner Heimat zu. In der Dorfmitte trifft er ausgerechnet auf Claudia Benzl, die gerade in ihrer ganzen Pracht mit einem großen Einkaufskorb aus der Bäckerei *Schwanen* walzt.

»Ja, griaß Gott, Herr Beeringer. Holet Sie au grad Wecka? Dr Emil hot heit guate Läberkäswecka. Ibrigens: Dr Herr Hagmeier ischt wieder drhoim, den brauchet Se nemme suacha. Des han e doch emmer gwisst ond glei gsagt, dass an dem Gschwätz von de Leit nex dro ischt.«

Beeringer tippt wortlos an seinen Hut und geht schweigend seines Wegs.

*… Ein Mitglied der Gesellschaft, dem das Wohl seiner Mitmenschen nicht egal ist …*

# Frieden

Beeringer betritt Irmas Essenszeitplan gemäß pünktlich sein Heim. Aber Hunger hat er eigentlich noch nicht. Der Treibleskuchen und die unerwartete Wende, die sein Fall genommen hat, haben ihm auch seinen sonst so zuverlässigen Appetit genommen. Aber als er die Küche betritt, in der Irma letzte Vorbereitungen für ihr gemütliches Essen trifft, verstärkt sich sein Hungergefühl doch geringfügig. Es duftet herrlich nach Braten.

»Mach dei Zigarett aus ond hock de her.«

»Was gibts denn Guats, Irma?«

»Blaukraut, Spätzla ond Hasabrota.«

»Ha – Hasabrota!?«

»Jo, d Frau Hagmeier hot mr geschtern oin rombrocht, i woiß au net, wia die drzuakommt.«

I scho, denkt Beeringer.

* * *

Am Abend sitzen Irma und Linus Beeringer mit dem letzten Fläschchen seines geliebten Bon Monets bei offenem Fenster am offenen Kamin. Er hat, trotz sommerlicher Temperaturen, ein Feuer in demselben und eine seiner Maigret-Pfeifen entzündet. Versonnen schaut er in die langsam verlöschenden Flämmchen. Dann wirft er noch vier oder fünf zusammengefaltete Blätter – seine Akte – dazu, und die Flämmchen erheben sich zu einer lodernden Flamme, gleich einem Staccato bei einem Finale.

Langsam wendet Beeringer den Blick in Richtung der Ecke, in der Irma sein Beweisstück, das sehr gesundheitsschädliche Holzscheit, die verhinderte Mordwaffe, aufbewahrt, das die rüstige Frau Hagmeier so fachmännisch und treffsicher zu führen vermocht hatte.

Irma bemerkt seinen tiefsinnigen Blick und fragt: »Brauchsch den Briegl no oder ko e n endlich auf d Holzbeig nausraima? Hosch den Dodschläger scho gfonda?«

»Jo, Irma, jo.« Er nimmt den Briegl und wirft ihn in die jetzt noch einmal hell auflodernden Flammen. »Brenna duat r guat.«

Und schließlich: »Irma, i glaub, mir ganget ens Bett.«

* * *

Sherlock Holmes, Pater Braun,
Miss Marple ond Maigret
Brauchet Leicha jede Menge,
Se hettet sonscht koi Arbet meh.
Wega dem sen d Gängschter emsig,
Produzierets haufaweis,
Stechet, würget ond vergiftet,
Schaffet Leicha her mit Fleiß.

Descht a Gschäft, grad vorbildmäßig,
Wo Ogebot ond Nochfrog stemmt,
Wo mr dapfer Stoff herschaffet
Ond Faulheit et dr Omlauf hemmt.

Erneuerbarer Rohstoff
Wird aus em Volla gschepft.
Schad, dass mr d Produzenta
Am End no leider köpft.

Se kommet halt von Fall zu Fall
En jedem Fall zu Fall.

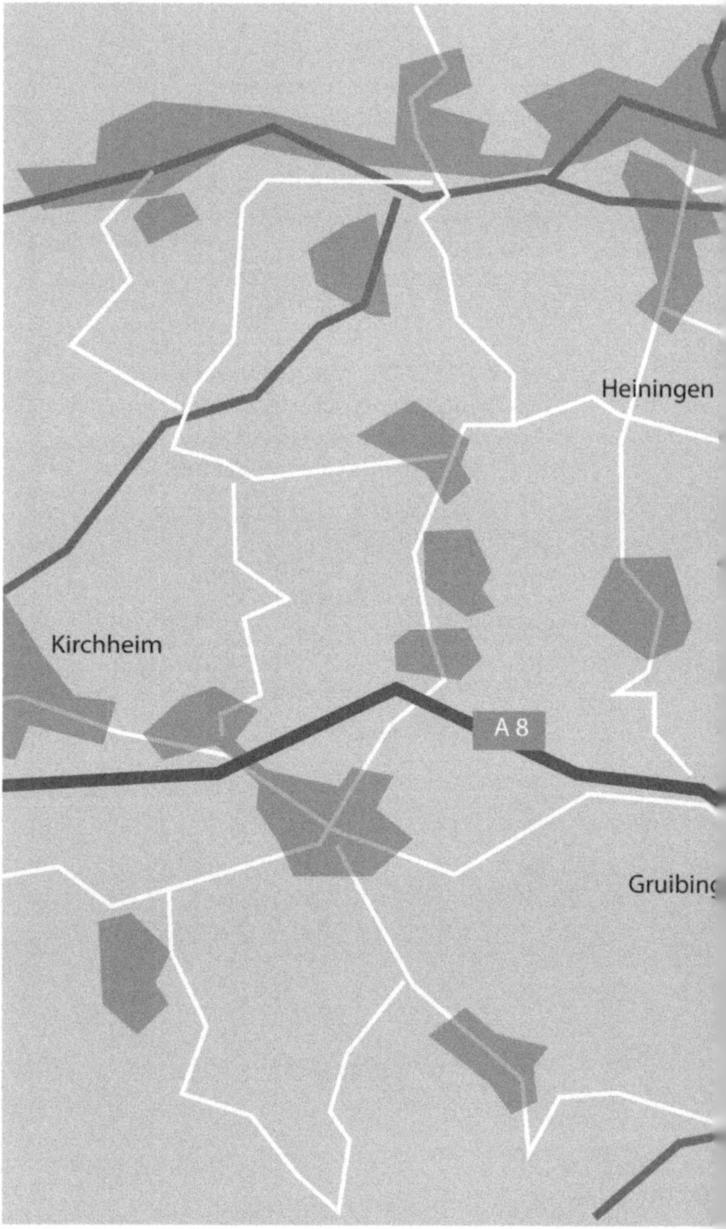
Heiningen
Kirchheim
A 8
Gruibing

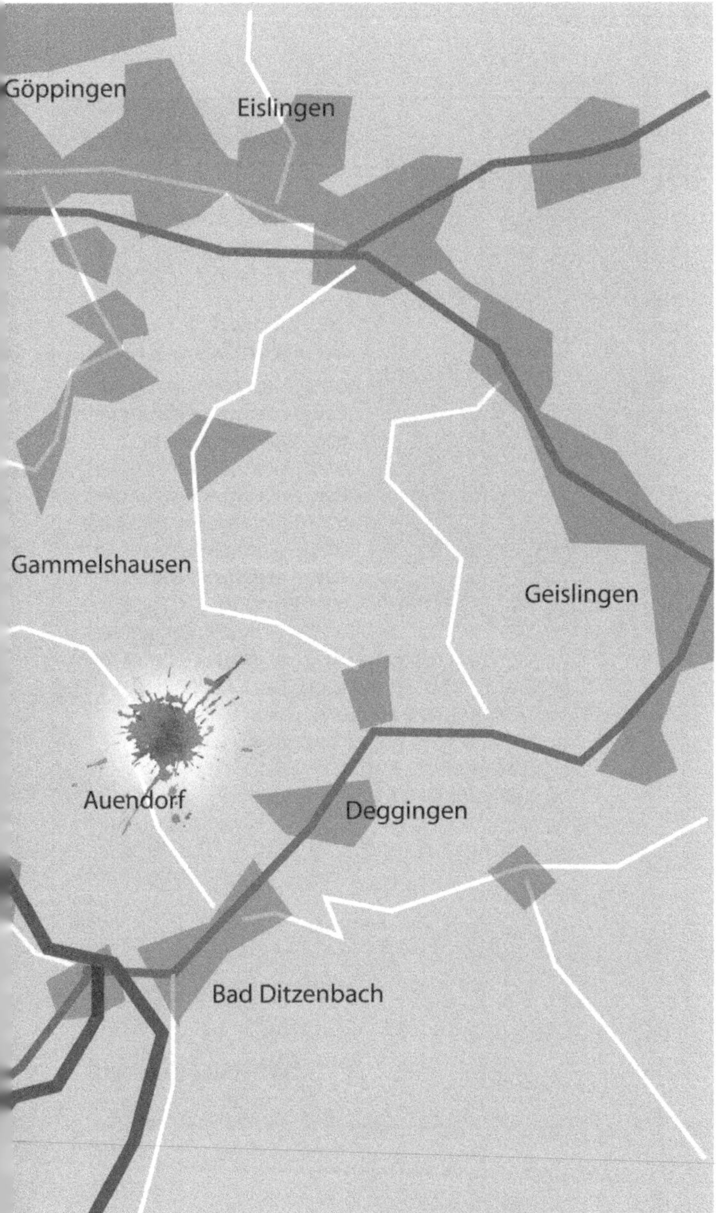
Göppingen
Eislingen
Gammelshausen
Geislingen
Auendorf
Deggingen
Bad Ditzenbach